電車で行こう！

80円で関西一周!!
駅弁食いだおれ463.9㎞!!!

豊田 巧・作
裕龍ながれ・絵

集英社みらい文庫

目次《もくじ》

高橋雄太《たかはしゆうた》
どれだけ電車《でんしゃ》に乗《の》っても飽《あ》きない！ 電車《でんしゃ》に夢中《むちゅう》な五年生《ごねんせい》
川勝萌《かわかつもえ》
かわいいデザインの電車《でんしゃ》には興味《きょうみ》あり!? 雄太《ゆうた》のいとこ

上田凛《うえだりん》
関西《かんさい》の私鉄《してつ》とボケが大好《だいす》き！ 大阪《おおさか》を愛《あい》するKTT《ケーティーティー》のリーダー
岡本《おかもと》みさき
鉄道《てつどう》の音《おと》ならなんでも録音《ろくおん》したい！ アクティブな女《おんな》の子《こ》

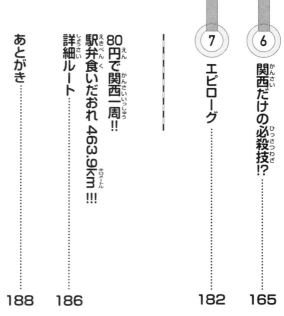

1 思《おも》い出《で》の駅弁《えきべん》

ピュゥと冷《つめ》たい風《かぜ》が吹《ふ》き抜《ぬ》けた。

久《ひさ》しぶりの大阪《おおさか》なんだけど、寒《さむ》いのなんのって。

今日《きょう》は二月《がつ》十三日《にち》、まだまだ冬全開《ふゆぜんかい》だもんね。

「くちゅ！　うわっ、寒《さむ》っ！」

横《よこ》を歩《ある》く萌《もえ》が、きゅっと目《め》をつむったかと思《おも》うと、小《ちい》さくくしゃみをして、あわててフアー付《つ》きのケープを両手《りょうて》で引《ひ》き寄《よ》せた。

それから、僕《ぼく》のほうに腕《うで》を突《つ》き出《だ》し、黒《くろ》い手袋《てぶくろ》をしたまま、指《ゆび》をちょいちょいと動《うご》かした。

「なぁ〜ゆうくん。こんな寒《さむ》い日《ひ》は、京都《きょうと》であったか〜い湯《ゆ》どうふでも食《た》べようなぁ」

「関西《かんさい》へ来《き》た時《とき》はまず、ＫＴＴ《ケーティーティー》に顔《かお》を出《だ》しておかないとね」

バサッとケープを広《ひろ》げた萌《もえ》は、右手《みぎて》で僕《ぼく》の頭《あたま》にチョップした。

「ゆうくんは真面目《まじめ》か！」

いとこで同《おな》い年《どし》の川勝萌《かわかつもえ》は、僕《ぼく》のことを「ゆうくん」と呼《よ》ぶ。

萌《もえ》は父《とう》さんのお姉《ねえ》さんの娘《むすめ》だ。

僕《ぼく》の父《とう》さんは関西出身《かんさいしゅっしん》。父《とう》さんの実家《じっか》は関西《かんさい》にあって、萌《もえ》たち一家《いっか》は京都《きょうと》に住《す》んでいる。

だから、父《とう》さんは休《やす》みを見《み》つけてはけっこう、関西《かんさい》に帰省《きせい》する。僕《ぼく》も関西《かんさい》が好《す》きだから、今回《こんかい》も、父《とう》さんについて萌《もえ》の家《いえ》に遊《あそ》びに来《き》たというわけ。

なんでこんな時期《じき》に？　と思《おも》うでしょ。

ゲームデザイナーの父《とう》さんは、今年《ことし》のお正月《しょうがつ》も忙《いそが》しくて一日《にち》も休《やす》めなかったから。やっとお休《やす》みをもらえたのが二日前《ふつかまえ》。それで急《きゅう》きょ、僕《ぼく》と二人《ふたり》で関西《かんさい》に飛《と》んできたんだ。

そして昨日《きのう》から、萌《もえ》の家《いえ》に泊《と》まっているんだ。

萌《もえ》は前髪《まえがみ》を、切《き》れ長《なが》の目《め》の少《すこ》し上《うえ》でパッツンとそろえ、頭《あたま》には黒《くろ》い小《ちい》さな帽子《ぼうし》をちょこんとのせている。

今日《きょう》も魔法使《まほうつか》いみたいな黒《くろ》いドレスを着《き》ているが、これが萌《もえ》のいつものスタイル。

うっかり出《で》がけに「また魔《ま》女《じょ》の格《かっ》好《こう》〜?」って言《い》ったら、「今日《きょう》はクラシカルケープコートやん。見《み》てわからんの!?」と、すっごいけんまくで怒《おこ》られた。

う〜ん。だいたい、クラシカルケープコートって、なに?

地下鉄御堂筋線本町駅《ちかてつみどうすじせんほんまちえき》の4番出口《ばんでぐち》からトンと地上《ちじょう》へ出《で》る。

ここはビジネス街《がい》で、周《まわ》りは高《たか》いビルがいっぱい。

地下鉄出口《ちかてつでぐち》のすぐ近《ちか》くにある白《しろ》いビルに入《はい》り、真新《まあたら》しいエレベーターに乗《の》って三階《がい》まで上《あ》がる。それから僕《ぼく》は『オフィス・オカモト』と書《か》かれたプレートのかかる扉《とびら》を開《あ》けた。

『こんにちは〜!!』

二人《ふたり》で中《なか》へ向《む》かって大《おお》きな声《こえ》であいさつをする。

「雄太《ゆうた》〜!!　よう来《き》たなぁ〜。萌《もえ》ちゃんも〜」

ガラス張《ば》りのパーティションの向《む》こうから声《こえ》が返《かえ》ってきたかと思《おも》うと、上田《うえだ》が顔《かお》を出《だ》してにやっと笑《わら》う。

「雄太《ゆうた》く〜ん!!　萌《もえ》ちゃ〜ん!!」

上田《うえだ》の後《うし》ろから、小《ちい》さな包《つつ》みを持《も》ったみさきちゃんが顔《かお》を出《だ》した。萌《もえ》が笑顔《えがお》で、みさきちゃんに手《て》を振《ふ》る。

この三人《にん》が関西《かんさい》・トレイン・チーム（Kansai《カンサイ》 Train《トレイン》 Team《チーム》）略《りゃく》して、KTT《ケーティーティー》のメンバーだ。

KTT《ケーティーティー》のリーダー的存在《てきそんざい》で私鉄《してつ》が大好《だいす》きな、上田凜《うえだりん》。

一番《いちばん》のしっかり者《もの》でKTT《ケーティーティー》の突《つ》っこみ担当《たんとう》で音鉄《おとてつ》、岡本《おかもと》みさき。

KTT《ケーティーティー》では鉄道初心者《てつどうしょしんしゃ》で僕《ぼく》のいとこ、川勝萌《かわかつもえ》。

みんな小学《しょうがく》五年生《ねんせい》だ。

「まぁ〜なんもないむさ苦《くる》しいとこやけど、ゆっくりしていってくれや」

「むさ苦《くる》しいとはなんやっ！」

みさきちゃんは、さっそく上田《うえだ》の後頭部《こうとうぶ》にパシッと突《つ》っこんだ。上田《うえだ》は「痛《いた》っ！」と上《うえ》を向《む》く。

「おとんの会社《かいしゃ》の会議室《かいぎしつ》を間借《まが》りさせてもろとるくせにっ！」

KTT《ケーティーティー》のミーティングは、みさきちゃんのお父《とう》さんが社長《しゃちょう》をしているオフィス・オカモトの会議室《かいぎしつ》でいつもやっているんだ。

僕《ぼく》が関西《かんさい》へ来《き》た時《とき》には、できる限《かぎ》りKTT《ケーティーティー》のミーティングに参加《さんか》する。

会議室《かいぎしつ》の真《ま》ん中《なか》に置《お》いてあった、大《おお》きな白《しろ》いテーブルの周《まわ》りを小走《こばし》りでととととっと回《まわ》って、みさきちゃんは、僕《ぼく》の前《まえ》に立《た》つと、ピンクのリボンのついた包《つつ》みを両手《りょうて》で差《さ》し出《だ》した。

「はい、雄太君《ゆうたくん》！　ハッピーバレンタイン！　これ、私《わたし》の気持《きも》ち〜。二月《がつ》に会《あ》えるなんてめったにないからなぁ〜」

「え、みさきちゃん……これチョコ⁉　僕《ぼく》に？」

みさきちゃんはこくりとうなずき、エヘッと笑《わら》った。まさか、みさきちゃんからチョコをもらえるなんて、まったく考《かんが》えてもいなかった。思《おも》わず僕《ぼく》の顔《かお》がカッと熱《あつ》くなる。

「せやぁ〜。しっかり！　想《おも》いはこめておいたからなぁ〜雄太君《ゆうたくん》」

同《おな》じように顔《かお》を赤《あか》くしたみさきちゃんは、少《すこ》しモジモジしながらつぶやく。

「おっ、想《おも》いって⁉」

「雄太君《ゆうたくん》のいけず〜。そんなんバレンタインデーって言《い》ったら決《き》まっているやろ〜？」

「なぁ〜俺《おれ》の分《ぶん》は〜？」

上田《うえだ》は口《くち》をとがらせて、みさきちゃんに手《て》を差《さ》し出《だ》す。

「そんなもんあるかいっ！」

「マジかいな!?」

速攻《そっこう》でみさきちゃんに言《い》い返《かえ》され、上田《うえだ》はガクッと、その場《ば》に崩《くず》れ落《お》ちた。

萌《もえ》がみさきちゃんをぐいっと押《お》しのけ、僕《ぼく》の前《まえ》に立《た》ったのはその時《とき》だ。萌《もえ》の手《て》にも、長《ちょう》方形《ほうけい》の赤《あか》い包《つつ》み。

「うちからもハッピーバレンタインや———!! ゆうくん!」

「萌《もえ》から、チョコ?」

「ほんとは明日《あした》、渡《わた》そうと思《おも》ったんやけど、みさきちゃんにフライングされたら、黙《だま》ってられへん。うちのチョコにもしっかり想《おも》いはこめてあるからな!」

切《き》れ長《なが》のきれいな目《め》で、萌《もえ》は僕《ぼく》を見《み》つめる。

「あっ……ありがとう。みさきちゃん……萌《もえ》」

僕《ぼく》の手《て》には、萌《もえ》の赤《あか》い包《つつ》みと、みさきちゃんのピンクのリボンの包《つつ》み。

明日《あした》がバレンタインデーだってことさえ、忘《わす》れていたっていうのに……。

二人《ふたり》からバレンタインチョコだなんて~!?

「なぁなぁ~俺《おれ》の分《ぶん》は~?」

萌《もえ》が振《ふ》り返《かえ》り、きっと上田《うえだ》を見《み》た。

「なんのバツゲームやねん？」

「うへっ!?　ダブルでマジかいな!?」

上田《うえだ》は、後《うし》ろへガーンと倒《たお》れこんだが、萌《もえ》もみさきちゃんも完全無視《かんぜんむし》。

二人《ふたり》とも目《め》を大《おお》きく見開《みひら》き、僕《ぼく》をじっと見《み》つめている。

「どうすんの？　雄太君《ゆうたくん》」

「せや、どっちを選《えら》ぶんや？　ゆうくん」

萌《もえ》がそう言《い》って、一歩前《いっぽまえ》に出《で》る。

なんか……大変《たいへん》なことになってない!?

「いやぁ〜。モテモテやんけぇ〜」

あっさりチョコをあきらめた上田《うえだ》は、首《くび》の後《うし》ろに手《て》を組《く》んで、余裕《よゆう》たっぷり、オタオタする僕《ぼく》の様子《ようす》をニヒヒと笑《わら》って見《み》ている。

「みさきちゃん、だいたいどういうつもりや!?　今日《きょう》は十三日《にち》やのにフライングしてぇ〜」

萌《もえ》がぐいっと身《み》を乗《の》り出《だ》し、いきなり早口《はやくち》で言《い》った。みさきちゃんは右手《みぎて》で髪《かみ》をゆっく

りかきあげる。

「フライングなんて、よう言《い》うわ。私《わたし》が雄太君《ゆうたくん》に明日《あした》会《あ》えるかどうかなんて、わからへんやん。だから、前日《ぜんじつ》の今日《きょう》、渡《わた》しただけやで。そのどこが悪《わる》いっちゅうの？　それに雄太《ゆうた》君《くん》は、萌《もえ》ちゃんのもんやない。いとこってだけやん」

「だけって、どういう意味《いみ》で言《い》ってるか知《し》らんけどな。まあ、うちは明日《あした》も、ゆうくんとは一緒《いっしょ》や。どっちにしても、うちらに、なんもない兵庫《ひょうご》へは行《い》く予定《よてい》ないし」

関西《かんさい》ではみんなよく「なんもない」と言《い》う。この場合《ばあい》は、京都《きょうと》に住《す》んでいる萌《もえ》が、神戸《こうべ》に住《す》んでいるみさきちゃんに対《たい》して嫌味《いやみ》を言《い》っているんだ。

「神戸《こうべ》は、なんもないことないわっ！」

すぐさま、みさきちゃんが反論《はんろん》する。神戸《こうべ》には大《おお》きな港《みなと》があり、六甲山《ろっこうさん》という緑豊《みどりゆた》かな山《やま》があり、関西一《かんさいいち》ファッショナブルな町《まち》として知《し》られている。だが、萌《もえ》はびくともしない。

「あんたのとこは神戸県《こうべけん》ちゃうやろ!?　兵庫県《ひょうごけん》やん！」

「京都《きょうと》なんて寒《さむ》いだけやん！」

すかさず言《い》い返《かえ》したみさきちゃんに、ふんと、萌《もえ》が鼻《はな》を鳴《な》らす。

「京都人《きょうとじん》はみんな心《こころ》が温《あたた》かいから、大丈夫《だいじょうぶ》どすぅ〜」

今《いま》どき、語尾《ごび》に「どすぅ」なんてつける京都人《きょうとじん》は、舞妓《まいこ》さんくらいなんだけど、萌《もえ》はわざとそう言《い》って、二人《ふたり》はまたにらみあった。

なんでこうなるの？

助《たす》けを求《もと》めるように上田《うえだ》を見《み》たが「無理無理《むりむり》」と手《て》を横《よこ》に振《ふ》られた。

その時《とき》、パーティションの間《あいだ》からメガネをかけたおばあちゃんの顔《かお》がのぞいた。

「まぁまぁ。元気《げんき》のええこと。さすがみさきの友《とも》だちやね」

『うん？』

みんなの目《め》がいっせいにおばあちゃんに注《そそ》がれた。

柔《やわ》らかなウエーブがかかった銀色《ぎんいろ》の髪《かみ》、ベージュ色《いろ》のニットのロングコート、中《なか》に見《み》えるのは同《おな》じ色《いろ》のセーターとパンツ。おしゃれでかっこいい。

「おばあちゃ〜ん！　どうしたん？」

みさきちゃんが駆《か》け寄《よ》った。

「みさきが友《とも》だちと遊《あそ》んでるって聞《き》いたさかいのぉ。ちょっと見《み》にきたんやよぉ〜」

少《すこ》し語尾《ごび》が伸《の》びるおばあちゃんの言葉使《ことばづか》いは萌《もえ》やみさきちゃんや上田《うえだ》の関西弁《かんさいべん》と比《くら》べてかなりゆったりしている。

そのおかげで雰囲気《ふんいき》がぐっと和《やわ》らいだ。

さっきまで角《つの》をつきあわせていた萌《もえ》とみさきちゃんはとりあえず休戦《きゅうせん》し、僕《ぼく》はそっと胸《むね》をなでおろす。

助《たす》かった〜。

「うちのおばあちゃん。一週間前《いっしゅうかんまえ》から、私《わたし》の家《いえ》に泊《と》まりにきてくれてんねん」

「いつも、みさきと遊《あそ》んでくれてありがとうのぉ〜」

おばあちゃんが目《め》を細《ほそ》め、僕《ぼく》らに頭《あたま》をちょこんと下《さ》げた。

みさきちゃんはおばあちゃんに、僕《ぼく》らを紹介《しょうかい》していく。

「こっちから萌《もえ》ちゃん、上田《うえだ》、雄太君《ゆうたくん》」

『こんにちは〜!!』

目《め》をパチパチさせて僕《ぼく》らを見《み》つめていたおばあちゃんが、ふふっと微笑《ほほえ》んだ。

「べっぴんさん、一《ひと》つ飛《と》ばして……ハンサムやのぉ」

一《ひと》つ飛《と》ばされてしまった上田《うえだ》はズルリとテーブルに突《つ》っぷした。

「おばあちゃん、そりゃないわぁ～」

思《おも》いきり天板《てんばん》に打《う》ちつけた上田《うえだ》の額《ひたい》がほんのり赤《あか》みを帯《お》びている。いじられるのが生《い》きがいの生粋《きっすい》の大阪人《おおさかじん》・上田《うえだ》は、頭《あたま》をかきながら、満足《まんぞく》そうに笑《わら》う。

僕《ぼく》らもつられたように、顔《かお》を見合《みあ》わせて笑《わら》った。

「おばあちゃんとみさきちゃんって、言葉《ことば》がちょっと違《ちが》うんだね」

僕《ぼく》がそう言《い》うと、おばあちゃんがうなずいた。

「うちは福井県《ふくいけん》に住《す》んどるん」

『福井県《ふくいけん》!?』

みんなで聞《き》き返《かえ》す。

「みさきのおとんは、福井生《ふくいう》まれなんやよぉ～」

「へぇ～そうなんや。今《いま》はシレっと神戸人《こうべじん》のフリしとるけどなぁ」

へろっと言《い》った上田《うえだ》を、みさきちゃんはちろっとにらむ。

「私《わたし》は大阪生《おおさかう》まれの神戸育《こうべそだ》ち！　フリとちゃいます～」

上田《うえだ》が肩《かた》をすくめ、みさきちゃんにぺこっと頭《あたま》を下《さ》げる。

「そうでっか。そうでした」

「それでぇ～これはなんの集《あつ》まりなんかのぉ？」

「今日《きょう》はＫＴＴ《ケーティーティー》のミーティングをしてたんや」

みさきちゃんが答《こた》えると、おばあちゃんは首《くび》をひねった。


「けぇ～ちぃ～ちぃ？」

おばあちゃんの口《くち》からもれ出《で》たこの言葉《ことば》に、僕《ぼく》たちは一瞬《いっしゅん》、きょとんとし、それから全《ぜん》員《いん》テーブルに向《む》かってズルリとすべった。

久《ひさ》しぶりにきた――!! 思《おも》いきりの聞《き》き違《ちが》い!

「けぇちぃちぃじゃなくて、KTT《ケーティーティー》やKTT《ケーティーティー》っ!!」

上田《うえだ》は勢《いきお》いよく突《つ》っこむが、今度《こんど》はおばあちゃんがきょとんとする番《ばん》。

「けぇちぃちぃやろ? わかっとるがのぉ」

「どこが間違《まちが》っとる!?」と言《い》わんばかりに、おばあちゃんがきっぱりと言《い》う。

もう一度《いちど》、KTT《ケーティーティー》と叫《さけ》びかけた上田《うえだ》を手《て》で制《せい》して僕《ぼく》は、おばあちゃんに説明《せつめい》する。

「KTT《ケーティーティー》は、関西《かんさい》・トレイン・チーム、つまり関西鉄道《かんさいてつどう》チームの略《りゃく》なんです」

「鉄道《てつどう》チーム?」

「はい。関西《かんさい》のK《ケー》、トレインつまり鉄道《てつどう》のT《ティー》、チームのT《ティー》をとって、KTT《ケーティーティー》。僕《ぼく》はちなみにその関東版《かんとうばん》のチームに入《はい》っていて、僕《ぼく》らはみんな『小学生《しょうがくせい》が電車《でんしゃ》で旅行《りょこう》する』チームのメンバーなんです。今日《きょう》はそのKTT《ケーティーティー》の集《あつ》まりなんです」

おばあちゃんは僕《ぼく》にやさしく微笑《ほほえ》みかける。

「おぇ～そりぁ楽《たの》しそうな集会《しゅうかい》やのぉ。鉄道《てつどう》はええのぉ」

「僕《ぼく》らはみんな鉄道《てつどう》が大好《だいす》きなんです。おばあちゃんも鉄道《てつどう》が好《す》きなんですか？」

「大好《だいす》きやよ。うちも、もうちょこっとだけ若《わか》かったら『けぇちぃちぃ』に入《い》れてもらうとこや～」

おばあちゃんは右手《みぎて》の人差《ひとさ》し指《ゆび》と親指《おやゆび》の間《あいだ》を、ほんの少《すこ》しだけ開《あ》けながら言《い》った。

へぇ～そうなの!?

鉄道好《てつどうず》きと聞《き》いて、急《きゅう》に親近感《しんきんかん》がわいてきた。気《き》がつくと、僕《ぼく》は身《み》を乗《の》り出《だ》していた。

「じゃあ、おばあちゃんはこれまでたくさんの電車《でんしゃ》に乗《の》ったんですか？」

おばあちゃんは、こくんとうなずく。

「ほやほや、おじいちゃんと電車乗《でんしゃの》って、よう遊《あそ》びに行《い》ったんやよぉ～」

「へぇ～そうなんだぁ」

「二人《ふたり》とも旅行《りょこう》が大好《だいす》きやったからのぉ」

なつかしそうにおばあちゃんが言《い》う。それから、なにかを思《おも》い出《だ》したかのように、不意《ふい》にポンと手《て》を打《う》った。

「ほやっ！」

「どうしたん？　おばあちゃん」

みさきちゃんがおばあちゃんの顔《かお》をのぞきこむ。

「いやぁ〜今《いま》、一《ひと》つ思《おも》い出《だ》したことがあったんぜ」

「なに？　なに？　おじいちゃんとの電車旅行《でんしゃりょこう》のこと？」

おばあちゃんはうなずく。

「二十年前《ねんまえ》くらいやったっけのぉ？　おじいちゃんと、関西《かんさい》の電車《でんしゃ》をいろいろと乗《の》ったことがあったんやよぉ」

僕《ぼく》の胸《むね》がぴきゅんとはね上《あ》がる。二十年前《ねんまえ》の関西《かんさい》の電車《でんしゃ》！　いろいろと乗《の》った!?

「二十年《ねん》も前《まえ》かぁ」

「ほやほや、おじいちゃんも元気《げんき》でぴんしゃんしとった。二人《ふたり》で電車《でんしゃ》にいっぱい乗《の》ってな。……楽《たの》しかったのぉ〜。あの人《ひと》は食《く》いしん坊《ぼう》やったから、『きれいな景色《けしき》を見《み》ながら、駅《えき》弁《べん》を食《た》べるのが一番《いちばん》のごちそうや』なんて言《ゆ》うてのぉ」

「おじいちゃんとおばあちゃん、今《いま》も、電車《でんしゃ》に乗《の》っているんですか？」

おばあちゃんは首《くび》を横《よこ》に振《ふ》った。

「いやいや。おじいちゃんは三年前《ねんまえ》にポックリやぁ。好《す》きなこととして生《い》きて、ほんと、幸《しあわ》せな人《ひと》やった」

おばあちゃんは明《あか》るい顔《かお》で続《つづ》ける。

「それでや！　その時《とき》に二人《ふたり》で食《た》べた駅弁《えきべん》がめっちゃ、美味《おい》しかったんやよぉ〜。その味《あじ》を今《いま》、あんたたちの顔《かお》を見《み》とったら、思《おも》い出《だ》したんよぉ」

『二十年前《ねんまえ》に食《た》べた駅弁《えきべん》!?』

僕《ぼく》らは顔《かお》を見合《みあ》わせた。

「ど、どんな駅弁《えきべん》やったんや？　肉汁《にくじゅう》したたるトンカツか？　分厚《ぶあつ》いビーフステーキか？　それとも、どでかいエビフライかいなっ!?」

テーブルに前《まえ》のめりになって、上田《うえだ》が矢継《やつ》ぎ早《ばや》に聞《き》く。

「そりゃ、おかずがいっぱい入《はい》ってにぎやかでな。でもな、いっちばん美味《おい》しかったんは……。『栗《くり》ごはん』やったん」

「栗《くり》ごはんかぁ、ええなぁ!!」

みさきちゃんが盛《も》り上《あ》がると、萌《もえ》も顔《かお》をほころばせる。

「栗《くり》ごはんの駅弁《えきべん》なんて、うち食《た》べたことないわぁ〜」

「珍《めずら》しいやろ。うちもなぁ〜それ以来《いらい》、一度《いちど》もあんな駅弁《えきべん》にはお目《め》にかからんのぉ〜」

フンフンとうなずくおばあちゃんに僕《ぼく》は聞《き》く。

「で、その駅弁《えきべん》、どこの駅《えき》で売《う》られていたものなんですか？」

「その駅弁《えきべん》はのぉ〜」

僕《ぼく》らの顔《かお》をじぃ〜と見《み》つめ直《なお》したおばあちゃんは、

「わからなくなってもうたんやよぉ〜」

さらりと言《い》って笑《わら》った。

僕《ぼく》らは、再《ふたた》びテーブルの天板《てんばん》にパターンと倒《たお》れこむ。

「忘《わす》れてもうたんかいっ！」

上田《うえだ》が、おばあちゃんにパシッと突《つ》っこむ。初対面《しょたいめん》でもいけるところが上田《うえだ》らしい。

「せやかて二十年《ねん》も前《まえ》のことやで。上田君《うえだくん》。あんたかてぇ〜そんな昔《むかし》のことは覚《おぼ》えとらんやろ〜？」

「そやそや俺《おれ》かて二十年前《ねんまえ》のことはさすがに……って！　まだ生《う》まれてへんちゅうねん！」

関西人必殺《かんさいじんひっさつ》のノリ突《つ》っこみをやってから、上田《うえだ》はもう一発《いっぱつ》おばあちゃんの肩《かた》をパシンとやる。おばあちゃんのノリも最高《さいこう》。上田《うえだ》と顔《かお》を見合《みあ》わせて、カラッと笑《わら》っている。

その時《とき》、後《うし》ろから声《こえ》が聞《き》こえた。

「おかん、こんなところでなにやっとんねん」

オフィス・オカモトの社長《しゃちょう》でみさきちゃんのお父《とう》さんで、おばあちゃんの息子《むすこ》さんだ。

「みさきの友《とも》だちと話《はな》しとったんやよぉ」

「そらぁええけど、そろそろ予約《よやく》した店《みせ》へ向《む》かわなあかん時間《じかん》やでぇ」

おばあちゃんは、壁《かべ》に掛《か》かっていた丸《まる》い時計《とけい》を見上《みあ》げた。時刻《じこく》は11時半《じはん》を過《す》ぎている。

「お店《みせ》は12時《じ》に予約《よやく》したさかい、そろそろ行《い》こか」

「せやなぁ。……みんな、これからもみさきをよろしくお願《ねが》いやよぉ～」

おばあちゃんは僕《ぼく》らに頭《あたま》を下《さ》げた。僕《ぼく》らもあわてて、お辞儀《じぎ》を返《かえ》す。

会議室《かいぎしつ》を出《で》ていきながら、おばあちゃんはにこっと笑《わら》って手《て》を振《ふ》る。

「ほななぁ～けぇ～ちぃ～ちぃのみんなぁ～」

『ＫＴＴ《ケーティーティー》！』

僕《ぼく》らは再《ふたた》びズデェ〜とすべりながら全員《ぜんいん》で突《つ》っこんだ。

会議室《かいぎしつ》のドアが閉《し》まると、みさきちゃんが小《ちい》さな声《こえ》でつぶやいた。

「おばあちゃんにその駅弁《えきべん》、また食《た》べてもらいたいなぁ……」

「おじいちゃんと食《た》べた思《おも》い出《で》の駅弁《えきべん》だもんね」

僕《ぼく》も同《おな》じ気持《きも》ちだった。

「おばあちゃんはいつまでこっちにいるの？」

「明日《あした》、大阪駅《おおさかえき》18時《じ》42分発《ふんはつ》の『特急《とっきゅう》サンダーバード41号《ごう》』で福井《ふくい》へ帰《かえ》るって言《い》ってたよ」

ってことは……今日《きょう》と明日《あした》しかない。

「それじゃ駅弁《えきべん》を探《さが》すってったって、時間《じかん》なさすぎやん」

ため息《いき》をついた萌《もえ》の肩《かた》を僕《ぼく》はぽんとたたく。

「あきらめるのはまだ早《はや》いよ」

「せやかて」

「こういう時《とき》は『駅弁鉄《えきべんてつ》』に聞《き》くのが一番《いちばん》なんだ！」

僕《ぼく》はニヒッと笑《わら》い、ケータイを取《と》り出《だ》した。

「また、変《へん》な鉄道《てつどう》ファン出《で》てきたし……」

いぶかしげに目《め》を細《ほそ》めた萌《もえ》にはかまわず、僕《ぼく》はケータイの電話帳《でんわちょう》から『エンドートラベル』を選《えら》び、指《ゆび》でポンと押《お》した。

エンドートラベルは、新横浜《しんよこはま》にある旅行会社《りょこうがいしゃ》だ。そしてエンドートラベル社長《しゃちょう》の遠藤《えんどう》さんは、「小学生《しょうがくせい》が電車《でんしゃ》で旅行《りょこう》する」ことを目的《もくてき》としたトレイン・トラベル・チーム（Train《トレイン》 Travel《トラベル》 Team《チーム》）略《りゃく》して「T3《ティースリー》」を作《つく》ってくれた人《ひと》。僕《ぼく》はそのメンバーなんだ。

すぐにプルルって呼《よ》び出《だ》し音《おん》が鳴《な》りだす。

みんなに聞《き》こえるように、スピーカーボタンを押《お》してテーブルに置《お》いた。

《はい。エンドートラベルです》

電話《でんわ》にはいつもお世話《せわ》になっている事務《じむ》のお姉《ねえ》さんが出《で》た。

「もしもしこんにちは。高橋雄太《たかはしゆうた》です」

《あら、雄太君《ゆうたくん》。久《ひさ》しぶり。元気《げんき》に電車《でんしゃ》に乗《の》ってる？》

「はい。乗《の》ってま～す。……あの、遠藤《えんどう》さん、いますか？」

その瞬間《しゅんかん》、《あ～》って声《こえ》が響《ひび》く。

《遠藤社長《えんどうしゃちょう》は海外《かいがい》の秘境《ひきょう》ツアーに行《い》っていて……今《いま》、日本《にほん》にいないのよぉ～》

「ええ～本当《ほんとう》に!?」

《社長《しゃちょう》が日本《にほん》に戻《もど》るのは三日後《みっかご》の予定《よてい》なの。なにしろ秘境《ひきょう》だから、ケータイも通《つう》じにくくて、いつ連絡《れんらく》がくるかもわからないの……なにか急用《きゅうよう》？》

事務《じむ》のお姉《ねえ》さんは心配《しんぱい》そうに聞《き》いた。

「ちょっと聞《き》きたいことがあっただけなんだけど……わかりました。じゃあ、僕《ぼく》らでなんとかしま～す」

事務員《じむいん》さんは《ごめんねぇ～、またね》と言《い》って電話《でんわ》を切《き》った。

「まさか日本《にほん》にいなかったとは……」

遠藤《えんどう》さんは駅弁《えきべん》にとってもくわしくて「栗《くり》ごはんの駅弁《えきべん》」というヒントだけで、どこの駅弁《えきべん》か一発《いっぱつ》でわかるはずだったんだけどなぁ。

その時《とき》、上田《うえだ》がいたずらっ子《こ》のような目《め》をして、にやりと笑《わら》った。

「みさき～。お前《まえ》は、めっちゃ頼《たよ》りになる幼《おさな》なじみを、忘《わす》れてんのとちゃうか～？」

「めっちゃ頼《たよ》りになる幼《おさな》なじみ？」

上田《うえだ》は、右手《みぎて》の親指《おやゆび》をピッと上《あ》げ、すっと自分《じぶん》を指《さ》した。

「まかせとけや、みさき。俺《おれ》らでその『思《おも》い出《で》の駅弁《えきべん》』を探《さが》し出《だ》して、『特急《とっきゅう》サンダーバード41号《ごう》』に届《とど》けたったらええやん！」

胸《むね》を張《は》ってフンッと鼻《はな》から息《いき》を抜《ぬ》き、あっさりと言《い》ってのけた。

『俺《おれ》らで〜!?』

「でもどうやって!?　駅弁《えきべん》にくわしい、めっちゃ頼《たよ》りになる幼《おさな》なじみなんて、どこにもおらんのに!?」

みさきちゃんがわざと上田《うえだ》をスルーして辺《あた》りを見回《みまわ》す。上田《うえだ》は「おいおい」とみさきちゃんの肩《かた》に突《つ》っこむ。

「手《て》がかりがないわけやない。『栗《くり》ごはん』の駅弁《えきべん》を『関西《かんさい》で食《た》べた』ことは間違《まちが》いないんや」

上田《うえだ》はポケットをゴソゴソとさぐると、一枚《まい》の紙《かみ》を取《と》り出《だ》し、どうだという表情《ひょうじょう》でテーブルの上《うえ》に載《の》せた。

僕《ぼく》らは身《み》を乗《の》り出《だ》して紙《かみ》をのぞきこむ。

「これは……関西《かんさい》の路線図《ろせんず》じゃん」

大阪《おおさか》を中心《ちゅうしん》とする関西一円《かんさいいちえん》のＪＲ《ジェイアール》路線《ろせん》が描《か》かれた路線図《ろせんず》だった。

「その駅弁《えきべん》は、この中《なか》のどっかの駅《えき》で売《う》られているってこっちゃ！」

ヘヘンと鼻《はな》を鳴《な》らした上田《うえだ》の後頭部《こうとうぶ》に、萌《もえ》のチョップが炸裂《さくれつ》した。

「あたっ！」

前《まえ》につんのめった上田《うえだ》を、萌《もえ》はじろっと見《み》た。

「しょうもないこと偉《えら》そうに言《い》いなっ！　誰《だれ》でもわかっとるわ、それくらい！」

「だいたい、こんな広《ひろ》いエリアを電車《でんしゃ》でウロウロしたら、いったいいくらかかるか……」

みさきちゃんがため息《いき》をつきながらぼやいた。

だが、女子《じょし》からくってかかられても、上田《うえだ》は余裕《よゆう》の表情《ひょうじょう》だ。

「まさか、俺《おれ》が金《かね》のこと考《かんが》えてへんとでも？」

上田《うえだ》はお金《かね》には細《こま》かいのだ。

立《た》ち上《あ》がった上田《うえだ》は、右手《みぎて》でパー、左手《ひだりて》で指《ゆび》を三本立《ぼんた》てて、僕《ぼく》らの前《まえ》に突《つ》き出《だ》した。

「かかる金《かね》は、たったの八〇円《えん》や！」

『はっ、八〇円《えん》――!?』

「つっ、ついにうちらに不正乗車《ふせいじょうしゃ》させる気《き》や！」

「そんな電車賃《でんしゃちん》やったら、ええとこ一駅《ひとえき》か二駅《ふたえき》しか乗《の》られへんやんか！」

女子二人《じょしふたり》はゆるいパニックにおちいったけど、上田《うえだ》のねらいがすぐにわかった僕《ぼく》は思《おも》わず、パチンと指《ゆび》を鳴《な》らした。

「そうか。大都市近郊区間《だいとしきんこうくかん》の運賃計算《うんちんけいさん》の特例《とくれい》ルールを使《つか》うんだね」

上田《うえだ》はニヤリと笑《わら》って「そや」と僕《ぼく》に言《い》った。

そこでみさきちゃんがはっと顔《かお》をあげる。くりっとした目《め》がさらに大《おお》きくなっている。

「あぁ〜雄太君《ゆうたくん》たちが『青春《せいしゅん》18きっぷ』で山口《やまぐち》まで行《い》った時《とき》に、私《わたし》たちが朝食《ちょうしょく》を届《とど》けに行《い》ったやん。その時《とき》の『大回《おおまわ》り』を使《つか》うってこと？」

(その時《とき》のことは『電車《でんしゃ》で行《い》こう！　青春《せいしゅん》18きっぷ・1000キロの旅《たび》』を読《よ》んでね)

上田《うえだ》が満足《まんぞく》そうにうなずく。

「せやせや。みさき、よう覚《おぼ》えとったなぁ」

「私《わたし》、大事《だいじ》な思《おも》い出《で》は絶対《ぜったい》に忘《わす》れへんから！」

みさきちゃんはぴんと伸《の》ばした人差《ひとさ》し指《ゆび》を頰《ほお》に当《あ》てて、きっぱりと言《い》った。

「なに？　うち、わからへん」

萌《もえ》が口《くち》をとがらせる。

僕《ぼく》はコホンと咳払《せきばら》いをしてから説明《せつめい》を始《はじ》める。

「東京《とうきょう》、大阪《おおさか》、新潟《にいがた》、福岡《ふくおか》、仙台《せんだい》の五エリアの近郊区間《きんこうくかん》には、『特例《とくれい》』があるんだ。このエリア内《ない》だったら、出発《しゅっぱつ》する駅《えき》から目的《もくてき》の駅《えき》まで同《おな》じ駅《えき》を二度《ど》と通《とお》らないのであれば、どんなルートで行《い》っても料金《りょうきん》は同《おな》じっていうルールがあるんだ」

上田《うえだ》がうんとうなずいて、解説《かいせつ》を続《つづ》ける。

「①同《おな》じ駅《えき》を二度《ど》通《とお》ったらアカン！

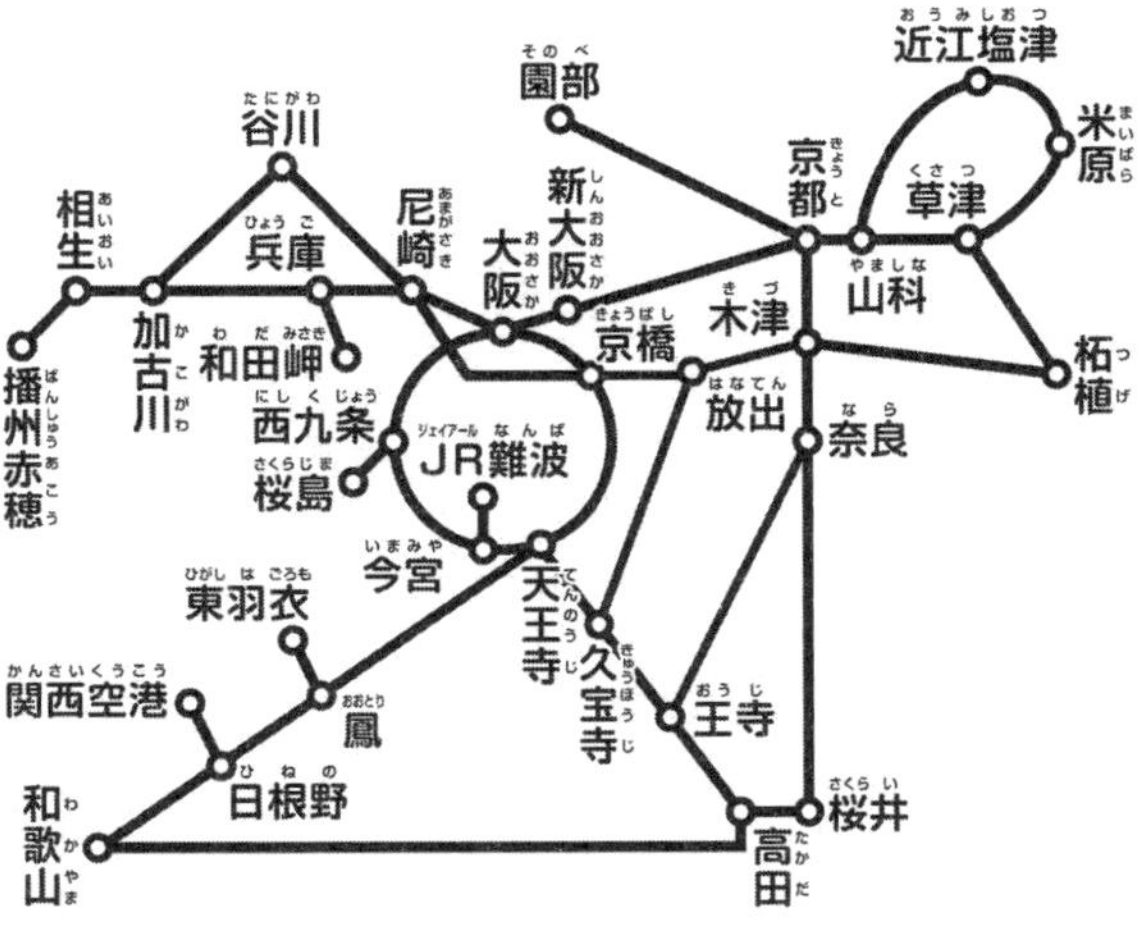

②大阪近郊区間《おおさかきんこうくかん》を出《で》たらアカン！
③改札口《かいさつぐち》から出《で》たらアカン！
ちゅう鉄《てつ》の掟《おきて》があるけど、それさえ守《まも》っとったら、最短距離《さいたんきょり》の運賃《うんちん》でええってこっちゃ。大阪出発《おおさかしゅっぱつ》で、目的地《もくてきち》が新大阪《しんおおさか》なら、子供《こども》は一人《ひとり》たった八〇円《えん》！」

「この特例《とくれい》を使《つか》って『思《おも》い出《で》の駅弁《えきべん》』を探《さが》そうっちゅうことかぁ～」

上田《うえだ》の作戦《さくせん》をようやく理解《りかい》した萌《もえ》は、感心《かんしん》したようにうなずいた。

「駅弁《えきべん》はたいがい駅構内《えきこうない》でも売《う》っとるから、改札口《かいさつぐち》から出《で》ぇへんでも十分《じゅうぶん》探《さが》せるはずや」

「この作戦《さくせん》で行《い》こうっ！　きっと、どこかで見《み》つかるよ！」

「そやろぉ～俺《おれ》、天才《てんさい》ちゃう？」

「まぁ、上田《うえだ》が考《かんが》えた割《わり》には、ちょっとおもしろそうやな」とみさきちゃん。

「要《よう》するに行《い》き当《あ》たりばったりやん」と萌《もえ》。

上田《うえだ》は得意《とくい》げに小鼻《こばな》をひくひくさせる。

「まあ、なんとでも言《ゆ》うとくれ！　でも、他《ほか》に方法《ほうほう》はないやろ？」

「よしっ、明日出《あしたで》かけようよ！　行《い》き当《あ》たりばったりも、このメンバーならきっとめちゃくちゃおもしろいよ。じゃ、関西大回《かんさいおおまわ》り、決定《けってい》ってことで！」

僕《ぼく》がそう言《い》って右手《みぎて》を前《まえ》に出《だ》すと、上田《うえだ》はその上《うえ》に手《て》を乗《の》せる。

「ほな、明日《あした》は関西《かんさい》を大回《おおまわ》りしながら『思《おも》い出《で》の駅弁《えきべん》』探《さが》しやな」

「なんかこころもとないけど、ゆうくんが『ええ』って言《ゆ》うんやったらなぁ……」

「みんな、おばあちゃんのためにありがと。よろしくお願《ねが》いします」

萌《もえ》とみさきちゃんも手《て》を乗《の》せる。

「じゃあ、ミッション開始《かいし》だっ！」


『おぅぅぅぅぅぅぅぅぅ！』

僕《ぼく》らはいっせいに手《て》を上《うえ》へ突《つ》き上《あ》げた。

2 関西駅弁食《かんさいえきべんく》いだおれ！

「ふわぁ〜ふわぁ〜ふわぁぁぁ〜」

京都《きょうと》から乗《の》ってきた東海道本線《とうかいどうほんせん》の電車《でんしゃ》からＪＲ《ジェイアール》大阪駅《おおさかえき》のホームに降《お》りた萌《もえ》は、腕《うで》をぐ〜んと伸《の》ばして、顔《かお》が全部口《ぜんぶくち》になってしまいそうなくらいの勢《いきお》いで大《おお》あくび。

「なんでこんなに早《はや》いんや〜」

「朝早《あさはや》くからスタートしたほうが、遠《とお》くまで回《まわ》れるからさ」

「それにしたって早《はや》すぎやろ」

ホームの時計《とけい》は6時半《じはん》を指《さ》している。

近《ちか》くのエスカレーターに乗《の》りこんで一《ひと》つ下《した》の階《かい》へ降《お》り、一階通路《いっかいつうろ》を進《すす》み、「中央口《ちゅうおうぐち》」と書《か》かれていた改札口《かいさつぐち》から一旦外《いったんそと》へ出《で》た。

いつもはＰ《パ》Ａ《ス》Ｓ《モ》ＭＯやＩ《イ》Ｃ《コ》Ｏ《カ》ＣＡって交通系《こうつうけい》ＩＣ《アイシー》カードを使《つか》っているから、駅構内《えきこうない》で待《ま》ち合《あ》わせるけど、大回《おおまわ》りをやる時《とき》は、スタートする駅《えき》で一度《いちど》改札外《かいさつがい》へ出《で》たほうがいい。

自動券売機《じどうけんばいき》が十台《じゅうだい》ほどズラリと並《なら》ぶ前《まえ》で、上田《うえだ》とみさきちゃんが手《て》を振《ふ》っていた。

「お～い雄太《ゆうた》～!!　こっちこっち！」

「おはよう～雄太君《ゆうたくん》～萌《もえ》ちゃん～!!」

二人《ふたり》とも朝《あさ》に強《つよ》いみたいで、めっちゃ元気《げんき》。

僕《ぼく》は駆《か》け寄《よ》って「おはよう！」と二人《ふたり》とハイタッチをする。

今日《きょう》の上田《うえだ》はボタンが二列《れつ》に並《なら》んだキャメル色《いろ》のＰ《ピー》コートを着《き》て、いつもかぶっているキャップもキャメル色《いろ》のフェルト素材《そざい》のものに変《か》わっていた。

みさきちゃんはブラウンの暖《あたた》かそうなムートンコートを着《き》ている。中《なか》にはグレーのロングセーターに、スキニージーンズとショートブーツ。首元《くびもと》にはトレードマークのヘッドホンがかかっている。そのイヤーパッドも冬仕様《ふゆしよう》で、暖《あたた》かそうなパーツに交換《こうかん》してあった。

「全員《ぜんいん》……ほんまに朝《あさ》からテンション高《たか》いなぁ……」

力《ちから》の入《はい》らない声《こえ》で萌《もえ》が言《い》う。振《ふ》り向《む》いた三人《にん》に、萌《もえ》はひじから先《さき》だけフラリとあげた。

「萌《もえ》ちゃん、テンション低《ひく》っ！」

みさきちゃんはプッと笑《わら》った。

今日《きょう》も萌《もえ》は、真《ま》っ黒《くろ》なクラシカルケープコートを着《き》ている。

「うちは低血圧《ていけつあつ》やから……朝《あさ》はほんま苦手《にがて》」

萌《もえ》は右手《みぎて》を口《くち》に当《あ》て、またフワァと大《おお》きなあくびをした。

「じゃあ、新大阪《しんおおさか》までのきっぷを買《か》おうか！」

みんな「は〜い」と返事《へんじ》して、それぞれのさいふから百円玉《ひゃくえんだま》一枚《まい》を取《と》り出《だ》す。

自動券売機《じどうけんばいき》の上《うえ》の路線図《ろせんず》を見《み》ると、一《ひと》つ先《さき》の新大阪《しんおおさか》は小学生《しょうがくせい》ならたったの「八〇円《えん》」。

画面左《がめんひだり》に並《なら》ぶ子供用《こどもよう》ボタンを押《お》してから、タッチパネルの「きっぷを買《か》う」に触《ふ》れる。

左《ひだり》の一番上《いちばんうえ》の「新大阪《しんおおさか》　80円《えん》」と表示《ひょうじ》されている部分《ぶぶん》を押《お》し、硬貨投入口《こうかとうにゅうぐち》から百円玉《ひゃくえんだま》を入《い》れる。すかさず、きっぷが取《と》り出《だ》し口《ぐち》にパシッと吐《は》きだされ、つり銭口《せんぐち》にはチャリンと十円玉《じゅうえんだま》が二枚《まい》落《お》ちてくる。

きっぷには「大阪《おおさか》▼160円区間《えんくかん》　小児《こども》80円《えん》」と真《ま》ん中《なか》に印刷《いんさつ》され、左《ひだり》には今日《きょう》の日付《ひづけ》と「発売日当日限《はつばいびとうじつかぎ》り有効《ゆうこう》」「下車前無効《げしゃまえむこう》」と印刷《いんさつ》されていた。

半分《はんぶん》まぶたを下《さ》げたまま、萌《もえ》はきっぷを見《み》つめる。

「ほんまにええんかぁ？　不安《ふあん》になるわぁ〜。八〇円《えん》で乗《の》り放題《ほうだい》なんて。なんか悪《わる》いことしてるみたいな気《き》がせぇへん？」

眉《まゆ》をひそめた萌《もえ》を見《み》て、僕《ぼく》は思《おも》わず微笑《ほほえ》んでしまった。

「大丈夫《だいじょうぶ》だよ、萌《もえ》。ＪＲ《ジェイアール》のルールにちゃんと従《したが》っているんだからさ」

「せやけど……途中《とちゅう》で駅員《えきいん》さんに聞《き》かれたら、どう言《い》ったらええんか……」

「ジャ〜ン!!　そんな時《とき》はこれやがな」

一枚《まい》の紙《かみ》を上田《うえだ》はみんなの前《まえ》にバシッと出《だ》す。

関西《かんさい》のＪＲ《ジェイアール》路線《ろせん》図《ず》を白黒《しろくろ》コピーしてある。そこに一本《いっぽん》、蛍光《けいこう》ピンクのラインがクルリと円形《えんけい》に描《えが》かれていた。

正確《せいかく》にはとっても大《おお》きな「コ」の字形《じがた》ライン。

萌《もえ》の目《め》は次第《しだい》に大《おお》きくなり、最後《さいご》に「マジか」と叫《さけ》んだ。

「これって今日《きょう》の予定《よてい》ルート？」

上田《うえだ》はニヒッと笑《わら》って、僕《ぼく》にうなずく。

「せや、一応《いちおう》昨日《きのう》予定《よてい》を組《く》んでみたんや。もし、途中《とちゅう》で駅員《えきいん》さんに説明《せつめい》せなあかんなったら、これを見《み》せて『大回《おおまわ》りやってます』と言《い》えば大丈夫《だいじょうぶ》や」

しっかり準備《じゅんび》してきた上田《うえだ》を、みさきちゃんは感心《かんしん》したように見《み》た。

「へぇ～上田《うえだ》にしては準備《じゅんび》ええやん……」

「みさき～〝上田《うえだ》にしては〟は余計《よけい》や」

だが、そこで萌《もえ》が突《つ》っこんだ。

「**どんだけ大回《おおまわ》りするんやっ！**」

上田《うえだ》の壮大《そうだい》な大回《おおまわ》り計画《けいかく》を目《め》にして、衝撃《しょうげき》を受《う》けた萌《もえ》の頭《あたま》は、一瞬《いっしゅん》にしてシャンと目覚《めざ》めたらしい。

「思《おも》い出《で》の駅弁《えきべん》がどこにあるのかわからへんから、なるべく大回《おおまわ》りせんとな」

「大回《おおまわ》りにもほどがあるんとちゃうん？　大阪《おおさか》を出《で》て、和歌山《わかやま》、奈良《なら》、京都《きょうと》を巡《めぐ》って大阪《おおさか》に戻《もど》って来《く》るなんて。二府《ふ》二県《けん》やん」

萌《もえ》は上田《うえだ》に食《く》い下《さ》がる。スピーディに移動《いどう》し、快適《かいてき》な乗《の》り心地《ごこち》の列車《れっしゃ》ならともかく、各駅停車《かくえきていしゃ》に長時間《ちょうじかん》乗《の》ることを萌《もえ》はバツゲームのように思《おも》ってるんだ。

「みさきん家《ち》のある兵庫《ひょうご》はいれてへんで。栗《くり》ごはんの駅弁《えきべん》はないやろと思《おも》って」

「それにしたって……すごすぎやろ!?」

だが、僕《ぼく》とみさきちゃんと上田《うえだ》は顔《かお》を見合《みあ》わせた。三人《にん》とも笑顔《えがお》が弾《はじ》けている。

「ずっと電車《でんしゃ》に乗《の》っていられるんだよ」

「一日電車《にちでんしゃ》の音《おと》を録《と》っていられるなんて～」

「こらぁ～今日《きょう》一日《にち》で、めっちゃ得《とく》してまうがな」

そんな僕《ぼく》らを見《み》て、萌《もえ》は「あたぁ～」と額《ひたい》

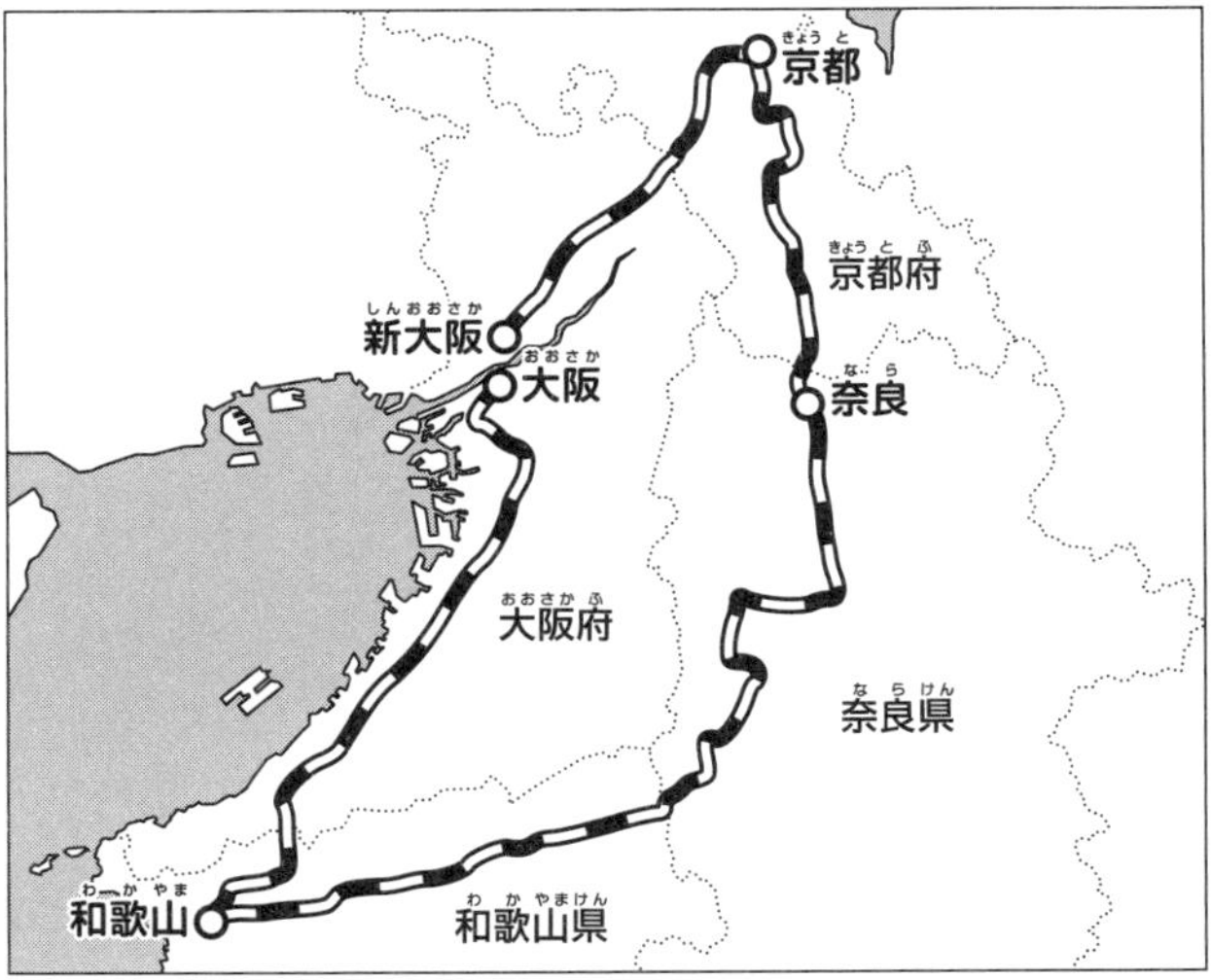

に右手《みぎて》を当《あ》てる。

「誰《だれ》かこの鉄道《てつどう》ファンらの暴走《ぼうそう》を止《と》めて～。こんなに乗《の》ったら、いったい何時間《なんじかん》──」

僕《ぼく》は萌《もえ》の右腕《みぎうで》をぐいっとつかんだ。

「さぁ、行《い》くよ」

「ゆっ、ゆうくん!?」

萌《もえ》の左腕《ひだりうで》を上田《うえだ》がバシッと握《にぎ》る。

「ほな行《い》こか！」

「うっ、上田《うえだ》──!?」

「よしっ、出発進行《しゅっぱつしんこう》～!!」

みさきちゃんは両腕《りょううで》で萌《もえ》の背中《せなか》を押《お》す。

「え、ええ～～っ、ちょ、ちょっと～」

三人《にん》に連《つ》れられるようにして萌《もえ》は自動改札機《じどうかいさつき》を通《とお》り抜《ぬ》けた。四人《よにん》で短《みじか》いエスカレーターに乗《の》りながら、僕《ぼく》は上田《うえだ》に聞《き》いた。

「最初《さいしょ》は何線《なにせん》に乗《の》るの？」

「その前《まえ》に……まずは大阪駅《おおさかえき》の駅弁《えきべん》のチェックや！」

確《たし》かに、おばあちゃんが駅弁《えきべん》を大阪駅《おおさかえき》で買《か》った可能性《かのうせい》だってある。

「大阪駅《おおさかえき》の駅弁屋《えきべんや》さんって、どこにあるのかなぁ？」

上田《うえだ》は迷《まよ》うことなく通路《つうろ》の右《みぎ》の奥《おく》をピタリと指差《ゆびさ》す。

「大阪駅《おおさかえき》で駅弁《えきべん》を買《か》うなら11番線《ばんせん》の売店《ばいてん》や」

「そうなの？」

「大阪駅《おおさかえき》は大阪環状線《おおさかかんじょうせん》、東海道本線《とうかいどうほんせん》、福知山線《ふくちやません》みたいな通勤用路線《つうきんようろせん》が多《おお》いからな。通勤用《つうきんよう》路線《ろせん》のホームにコンビニはあっても駅弁《えきべん》は置《お》いてない。けど、11番線《ばんせん》からは北陸《ほくりく》へ向《む》かう『サンダーバード』が出《で》るから、駅弁《えきべん》の売店《ばいてん》があって早朝《そうちょう》6時《じ》45分《ふん》から開《あ》いとんねん」

スラスラと上田《うえだ》が説明《せつめい》する。

「上田《うえだ》、今日《きょう》はすごいやん！」

間髪《かんはつ》を容《い》れずに「今日《きょう》もや」と上田《うえだ》はみさきちゃんに突《つ》っこむ。

「昨日《きのう》、いろいろと調《しら》べてくれたんか？」

「おっ、おう……。みさきのおばあちゃんに、思《おも》い出《で》の駅弁《えきべん》を届《とど》けてやりたいからな……」

上田《うえだ》は、少《すこ》し照《て》れながらみさきちゃんに言《い》った。

一階通路《いっかいつうろ》からエスカレーターで11番線《ばんせん》に上《あ》がる。

「あそこや！」

みさきちゃんが差《さ》した指先《ゆびさき》には、青文字《あおもじ》で「お弁当《べんとう》」と書《か》かれたオレンジの看板《かんばん》があった。

カウンターは二段《だん》のガラスショーケースになっていて、駅弁《えきべん》がズラリと並《なら》んでいる。

駅弁《えきべん》はどれもきれいな掛《か》け紙《がみ》に包《つつ》まれていて、中身《なかみ》はよくわからない。

僕《ぼく》らが駅弁《えきべん》をじっと見《み》つめていると、茶色《ちゃいろ》の三角巾《さんかくきん》をした店員《てんいん》さんが声《こえ》をかけてきた。

「いらっしゃいませ。なににいたしましょう？」

「あの〜ごはんが栗《くり》――」

「いやいやいや〜そんなんしたら、おもろなくない？」

店員《てんいん》さんにいきなり聞《き》こうとした萌《もえ》を、みさきちゃんがさえぎった。

萌《もえ》が「はあ？」って顔《かお》で聞《き》き返《かえ》す。

「おもろないって？」

「バラエティ番組《ばんぐみ》であるやん。お店《みせ》の一番人気料理《いちばんにんきりょうり》を当《あ》てるまで帰《かえ》られへんとか〜」

「いやいや、うちらバラエティ番組《ばんぐみ》ちゃうし」

萌《もえ》は首《くび》を横《よこ》に振《ふ》ったが、上田《うえだ》は「それええなぁ！」と手《て》を打《う》った。

「店員《てんいん》さんに内容《ないよう》は聞《き》かずに、ズバリ当《あ》てようのコーナー――!!」

大《おお》きな声《こえ》で、バラエティ番組《ばんぐみ》の司会《しかい》みたいにみさきちゃんは言《い》う。

「ちょっとちょっと……そんなんしてたら、いつまでたっても終《お》わらへん――」

萌《もえ》がブツブツ言《い》いかけたが、上田《うえだ》はニカッと笑《わら》ってみさきちゃんにのっかる。

「さぁ～思《おも》い出《で》の駅弁《えきべん》を当《あ》てよかぁ～!!」

「上田《うえだ》さすがや。上田《うえだ》なら、のってくれると思《おも》たわぁ～」

「のるのる～!!　これはのらなソンソンってやつや！」

二人《ふたり》は『ヤァ――!!』ってハイタッチ。

上田《うえだ》とみさきちゃんは幼《おさな》なじみだから、いつも息《いき》がピッタリなんだよね。

「でも……そんなことしたら駅弁代《えきべんだい》がたくさんかかっちゃうかもしれないよ」

僕《ぼく》がそう言《い》うと、みさきちゃんはポンと胸《むね》をたたき、ポケットから封筒《ふうとう》を取《と》り出《だ》した。

「そこは任《まか》せといて～。おとんに『おじいちゃんとおばあちゃんの思《おも》い出《で》の駅弁《えきべん》を探《さが》す』

って話《はな》したら、感動《かんどう》して軍資金《ぐんしきん》をめっちゃくれたから」

「おぉ〜社長《しゃちょう》、話《はなし》わかるや〜ん」

上田《うえだ》が目《め》をかがやかせる。

「おばあちゃんのことで、みんなに協力《きょうりょく》してもらうねんから、駅弁《えきべん》くらいはお腹《なか》いっぱい食《た》べて〜や」

突然《とつぜん》「そやっ」と萌《もえ》が手《て》を打《う》った。いたずらっ子《こ》のような表情《ひょうじょう》に変《か》わっている。

「どうしたん？　萌《もえ》ちゃん」

「これって、思《おも》い出《で》の駅弁《えきべん》を当《あ》てたら、『即終了《そくしゅうりょう》〜』ちゅうことやなぁ!?」

「せやな。そこで大回《おおまわ》りは中止《ちゅうし》で新大阪《しんおおさか》へ最短距離《さいたんきょり》で戻《もど》ることになるわなぁ」

上田《うえだ》がうなずくと、萌《もえ》は「よっしゃ〜」と細《ほそ》い腕《うで》を上《うえ》に突《つ》き出《だ》す。

「大回《おおまわ》りせんですむように、うちがここで駅弁《えきべん》を当《あ》てたるわ〜!!」

そっ、そういうこと!?

萌《もえ》は違《ちが》う意味《いみ》で気合《きあ》いが入《はい》ったみたい。

上田《うえだ》は舌《した》で唇《くちびる》をペロリとなめてから、ショーケースに目《め》を落《お》とす。

「ほな、みんな駅弁選《えきべんえら》ぼうぜぇ～。さて、思《おも》い出《で》の駅弁《えきべん》はどれや～？」

みんな真剣《しんけん》に目《め》をこらして、駅弁《えきべん》を見《み》つめる。

「ごはんが栗《くり》ごはん……ごはんが栗《くり》ごはん……」

萌《もえ》もさっそく真剣《しんけん》な表情《ひょうじょう》でカウンター前《まえ》を往復《おうふく》しはじめた。

駅弁《えきべん》はたくさん並《なら》んでいるけど、消去法《しょうきょほう》で絞《しぼ》りこむことはできる。

たとえば、サンドイッチみたいなパン系《けい》は違《ちが》う。とんかつ弁当《べんとう》とかからあげ弁当《べんとう》みたいなものに、栗《くり》ごはんはないって気《き》がするよね。

巻《ま》き寿司《ずし》にも、栗《くり》ごはんは使《つか》わない。

まるでゲームみたいな感《かん》じ。

「おばあちゃんの好《す》きな駅弁《えきべん》はなんだろう？」って僕《ぼく》らが推理《すいり》するゲームだ。

最初《さいしょ》に駅弁《えきべん》を選《えら》んだのは、ＫＴＴ《ケーティーティー》ナンバーワンの直感少女《ちょっかんしょうじょ》みさきちゃん。

「よし、私《わたし》は『たこ膳《ぜん》』に決《き》めたっ！」

「ほな～俺《おれ》は『旅《たび》のにぎわい御膳《ごぜん》』にするかな」

上田《うえだ》が真《ま》ん中《なか》にあった駅弁《えきべん》を指差《ゆびさ》す。

萌《もえ》は箱《はこ》が竹《たけ》の葉《は》になっている駅弁《えきべん》に目《め》をとめる。

「きっと、おばあちゃんは、こういうかわいいのを選《えら》んだはずや」

その白《しろ》い掛《か》け紙《がみ》には『竹《たけ》むすび』と書《か》かれていた。

「お客《きゃく》さんはどれにします？」

最後《さいご》に注文《ちゅうもん》することになった僕《ぼく》は、包《つつ》み紙《がみ》ににぎやかな絵《え》が描《か》かれた駅弁《えきべん》を指《さ》す。

「じゃあ、僕《ぼく》はこの『関西味《かんさいあじ》めぐり』にします」

「こうして駅弁注文《えきべんちゅうもん》すんのって楽《たの》しいなぁ～」

胸《むね》の前《まえ》で両手《りょうて》をパチンと合《あ》わせ、みさきちゃんがニコリと笑《わら》った。

「お茶《ちゃ》もあったほうがいいよね」

「じゃあ、あったか～いお茶《ちゃ》を四本《ほん》お願《ねが》いします」

その僕《ぼく》の声《こえ》に、上田《うえだ》の声《こえ》が重《かさ》なった。

「あと～この『花暦《はなごよみ》』と『なにわ御膳《ごぜん》』ください」

「え～っ、四人《よにん》しかいないんだよ!?」

目《め》を丸《まる》くして振《ふ》り返《かえ》った僕《ぼく》に、上田《うえだ》は余裕《よゆう》の顔《かお》。

「もしかしたら、栗《くり》ごはんがこっちに入《はい》ってるかもしれへんやろ。それに四人《よにん》もおったら、余裕《よゆう》〜余裕《よゆう》やて〜」

ほっ、本当《ほんとう》に大丈夫《だいじょうぶ》!?

「じゃあ、駅弁六《えきべんむっ》つにお茶《ちゃ》が四《よっ》つね」

みさきちゃんが支払《しはら》いをすませると、店員《てんいん》さんが白《しろ》いビニール袋《ぶくろ》に駅弁《えきべん》と五〇〇ミリリットルのお茶《ちゃ》のペットボトルを入《い》れて手渡《てわた》してくれた。

駅弁《えきべん》と飲《の》み物《もの》を手《て》に入《い》れた僕《ぼく》らは、11番《ばん》ホームをあとにし、エスカレーターで一階通路《いっかいつうろ》へ下《お》りた。上田《うえだ》はさっきの路線図《ろせんず》を広《ひろ》げる。

「まずは和歌山《わかやま》へ行《い》こかぁ〜」

「だったら、1番線《ばんせん》や」

みさきちゃんは一階通路天井《いっかいつうろてんじょう》に吊《つ》られた列車案内板《れっしゃあんないばん》をクイクイと指差《ゆびさ》す。

一番左《いちばんひだり》の案内板《あんないばん》には「大阪環状線《おおさかかんじょうせん》（内回《うちまわ》り）奈良《なら》、関西空港《かんさいくうこう》、和歌山方面《わかやまほうめん》」の列車《れっしゃ》が四本《ほん》ほどLED《エルイーディ》で表示《ひょうじ》されていて、一番上《いちばんうえ》に「7時《じ》5分発《ふんはつ》　紀州路快速《きしゅうじかいそく》　関西空港《かんさいくうこう》・和歌山《わかやま》行《いき》　のりば『1』」とあった。

時計《とけい》を見《み》ると、もう7時《じ》近《ちか》くになっている。

「急《いそ》ごう！」

僕《ぼく》らはタタッと一階《いっかい》通路《つうろ》を走《はし》り抜《ぬ》け、1番線《ばんせん》と2番線《ばんせん》へ続《つづ》くエスカレーターに飛《と》び乗《の》る。

ホームに降《お》りると右《みぎ》が1番線《ばんせん》、左《ひだり》が2番線《ばんせん》だった。みさきちゃんが先頭車両《せんとうしゃりょう》に向《む》かって歩《ある》き出《だ》すと、

「ちょ〜っと待《ま》った〜!!」

上田《うえだ》の大声《おおごえ》に驚《おどろ》いて、先頭《せんとう》を歩《ある》いていたみさきちゃんが不意《ふい》に足《あし》を止《と》めた。その背中《せなか》に次《つぎ》を歩《ある》いていた僕《ぼく》の顔《かお》が、僕《ぼく》の背中《せなか》にはその次《つぎ》を歩《ある》いていた萌《もえ》の顔《かお》が突《つ》っこむ。

二人《ふたり》の衝撃《しょうげき》を受《う》けた瞬間《しゅんかん》、みさきちゃんから「きゃうん」という声《こえ》がもれる。

「突然《とつぜん》なんや？　上田《うえだ》」

振《ふ》り向《む》いて上田《うえだ》を見《み》たみさきちゃんの口《くち》がとんがっている。

「乗《の》るのはこの辺《へん》がええわ」

上田《うえだ》はホームに「5△」と書《か》かれた場所《ばしょ》を指差《ゆびさ》した。

「え〜っ。いつもみたいに、一番前《いちばんまえ》の車両《しゃりょう》やなくてええの？」

みさきちゃんは理解《りかい》できないとばかり、目《め》をぱちぱちさせている。

先頭車両《せんとうしゃりょう》の一番前《いちばんまえ》に立《た》てば運転手《うんてんしゅ》さんと同《おな》じような景色《けしき》を見《み》られる。先頭車両《せんとうしゃりょう》は、鉄道《てつどう》好《ず》きの最高《さいこう》の場所《ばしょ》なんだ。

「ほんまはそうしたいとこやけど、ここはちょっとがまんなんやなぁ～」

「なんでがまんせなあかんねん？」

「大阪駅《おおさかえき》から紀州路快速《きしゅうじかいそく》に乗《の》る時《とき》には気《き》をつけておかんと、大変《たいへん》なことになるんや～」

上田《うえだ》は「大変《たいへん》」という割《わり》には、気楽《きらく》そうな声《こえ》で言《い》う。

『大変《たいへん》なこと～？』

僕《ぼく》とみさきちゃんと萌《もえ》で聞《き》き返《かえ》した時《とき》、後《うし》ろからフワァァンと警笛《けいてき》が聞《き》こえた。

「223系《けい》だっ！」

僕《ぼく》は、くるりと振《ふ》り向《む》く。関西《かんさい》ではたとえ通勤電車《つうきんでんしゃ》でも盛《も》り上《あ》がらずにいられない。だって、関東《かんとう》と関西《かんさい》では通勤電車《つうきんでんしゃ》の車内《しゃない》がまったく違《ちが》ったりするからね。

大《おお》きなフロントガラスの銀色《ぎんいろ》の車両《しゃりょう》が、ホームに向《む》かって入《はい》ってくる。車体《しゃたい》の横《よこ》には白《しろ》と青《あお》のグラデーションラインがズバッと入《はい》っていた。

四両編成《りょうへんせい》が二《ふた》つ連結《れんけつ》された八両編成《りょうへんせい》の紀州路快速《きしゅうじかいそく》だ。

ヒュュュュン……。

223系《けい》が勢《いきお》いよく通《とお》り過《す》ぎ、冷《つめ》たい風《かぜ》が吹《ふ》きつける。

僕《ぼく》らの前《まえ》に、五両目《りょうめ》の一番前《いちばんまえ》の扉《とびら》が停《と》まった。

「この車両《しゃりょう》に乗《の》ったら、もう前《まえ》の車両《しゃりょう》へは行《い》かれへんけど、ほんまにええの？」

萌《もえ》がそう上田《うえだ》に聞《き》いたのは、5号車《ごうしゃ》と4号車《ごうしゃ》の間《あいだ》は正面同士《しょうめんどうし》で連結《れんけつ》されていて、渡《わた》れなくなっているからだ。

「わかっとる……わかっとる。せやけど、ここはがまんなんやなぁ～萌《もえ》ちゃん」

上田《うえだ》が腕《うで》組《ぐ》みをしてつぶやく。萌《もえ》は「なにを言《い》うてんねや」って顔《かお》で肩《かた》をすくめた。

お客《きゃく》さんが全員《ぜんいん》降《お》りてから僕《ぼく》らは中《なか》へ乗《の》りこむ。

大阪駅《おおさかえき》ではたくさんの人《ひと》が下車《げしゃ》するので、一時的《いちじてき》に車内《しゃない》はガランとなる。

223系《けい》の車内《しゃない》は真《ま》ん中《なか》の通路《つうろ》をはさんで、進行方向左側《しんこうほうこうひだりがわ》には二人《ふたり》掛《が》け、右側《みぎがわ》には一人《ひとり》掛《が》けのシートが並《なら》んでいた。

「へぇ～こういうシートなんだ～」

列車《れっしゃ》の進行方向《しんこうほうこう》に合《あ》わせて、背《せ》もたれ部分《ぶぶん》をガッチャンと動《うご》かして、席《せき》の方向《ほうこう》を変《か》えられる転換式《てんかんしき》クロスシートだ。シートの色《いろ》は青《あお》。それにクリームのヘッドカバーがかけられ、窓際《まどぎわ》には小《ちい》さなテーブルがついている。

関東《かんとう》では、進行方向《しんこうほうこう》に対《たい》して横向《よこむ》きに座《すわ》るロングシートがほとんどだけど、JR《ジェイアール》と各私鉄《かくしてつ》が激《はげ》しいサービス競争《きょうそう》をしている関西《かんさい》では、乗《の》り心地《ごこち》のいいクロスシートの車両《しゃりょう》が多《おお》いんだ。

「やっぱり大阪《おおさか》の電車《でんしゃ》はシートがいいよね」

僕《ぼく》は思《おも》わずつぶやいた。関西《かんさい》の電車《でんしゃ》の内装《ないそう》は関東《かんとう》のものより豪華《ごうか》なのだ。

上田《うえだ》が自慢《じまん》げに鼻《はな》から息《いき》を抜《ぬ》く。

「そこだけは関東《かんとう》に負《ま》けへんでぇ〜」

「だから、上田《うえだ》が造《つく》ったんちゃうやろ？」

すかさず、みさきちゃんがパシンと突《つ》っこんだ。

僕《ぼく》らは連結部《れんけつぶ》近《ちか》くの、四人《よにん》が向《む》かい合《あ》わせに座《すわ》れるボックスシートに向《む》かう。

進行方向《しんこうほうこう》の窓際《まどぎわ》に僕《ぼく》が入《はい》ると、萌《もえ》が飛《と》んで来《く》るようにして通路側《つうろがわ》にポスッと座《すわ》った。

「うち〜ゆうくんの横《よこ》〜!!」

「あ〜萌《もえ》ちゃん、ずるい〜」

僕《ぼく》の隣《となり》ですました顔《かお》をした萌《もえ》を見《み》て、みさきちゃんがぷっと頬《ほお》をふくらませた。

タタッタタタ〜♪　タタッタタタァ〜ァ♪

大阪駅《おおさかえき》1番線《ばんせん》の発車《はっしゃ》メロディは、大阪《おおさか》で有名《ゆうめい》な歌手《かしゅ》のヒットソング。

《ドアが閉《し》まりま〜す。ドアが閉《し》まりま〜す。ご注意《ちゅうい》ください》

アナウンスが終《お》わると、プシュュと音《おと》がして車体《しゃたい》に三か所《しょ》ある扉《とびら》が閉《し》まった。

関西《かんさい》の車両《しゃりょう》は扉《とびら》が前後《ぜんご》中《ちゅう》と三か所《しょ》にしかないから、たくさんのシートを並《なら》べられるんだ。

ウォオオオオン……。

床下《ゆかした》からモーター音《おん》が響《ひび》きだし、電車《でんしゃ》はスルスルと加速《かそく》していく。

大阪駅《おおさかえき》を出《で》た瞬間《しゅんかん》、高《たか》いビルが並《なら》ぶ大阪《おおさか》の街並《まちな》みが左右《さゆう》の車窓《しゃそう》に現《あらわ》れる。

「さぁ！　答《こた》え合《あ》わせタイムといこうかぁ〜」

大回《おおまわ》りをなるべく早《はや》く終《お》わらせたい萌《もえ》は、バラエティ番組《ばんぐみ》のタレントのように言《い》い、駅《えき》弁《べん》の入《はい》った白《しろ》いビニール袋《ぶくろ》を持《も》ち上《あ》げる。

「まぁまぁ、もうちょっと待《ま》ち〜や」

上田《うえだ》はクイクイと指《ゆび》を左右《さゆう》に振《ふ》る。

「早《は》よせんと、めっちゃ大回《おおまわ》りになってまうやんかっ！」

「萌《もえ》ちゃん、ちょっと周《まわ》り見《み》てみぃ？」

「周《まわ》り〜？」

紀州路快速《きしゅうじかいそく》の車内《しゃない》は、シート全部《ぜんぶ》が埋《う》まるくらい人《ひと》が乗《の》っていた。

「駅弁《えきべん》のええ香《かお》りが車内《しゃない》に広《ひろ》がりよるから、もう少《すこ》しお客《きゃく》さんが減《へ》ってからにしよか」

「そっ、そりぁ……。確《たし》かに……そやな」

上田《うえだ》の言《い》うことに納得《なっとく》した萌《もえ》は、ビニール袋《ぶくろ》をひざの上《うえ》に戻《もど》した。

紀州路快速《きしゅうじかいそく》は福島《ふくしま》、西九条《にしくじょう》、弁天町《べんてんちょう》、大正《たいしょう》、新今宮《しんいまみや》と停車《ていしゃ》しながら走《はし》っていく。

銀色《ぎんいろ》に輝《かがや》くドーム球場《きゅうじょう》の横《よこ》も通《とお》り過《す》ぎていく。

天王寺駅《てんのうじえき》15番線《ばんせん》にすべりこんだのは7時《じ》22分《ふん》。

そこで約《やく》五分間停車《ふんかんていしゃ》し、紀州路快速《きしゅうじかいそく》は、大阪環状線《おおさかかんじょうせん》と分《わ》かれて阪和線《はんわせん》に入《はい》る。

上田《うえだ》は車内《しゃない》の様子《ようす》を見回《みまわ》し、笑顔《えがお》でうなずく。

「そろそろ……ええかなぁ？」

「もうええんやない？　阪和線《はんわせん》に入《はい》ったら、通勤路線《つうきんろせん》って感《かん》じやなくなるし」

みさきちゃんが言《い》うと、萌《もえ》はビニール袋《ぶくろ》を取《と》り出《だ》した。

「よっしゃ！　駅弁答《えきべんこた》え合《あ》わせタイムや～」

『いぇ～い！』

僕《ぼく》らはいっせいに手《て》をあげる。

カサカサと音《おと》をさせながら白《しろ》い袋《ふくろ》から、それぞれが頼《たの》んだ駅弁《えきべん》を出《だ》してひざの上《うえ》に置《お》き、箱《はこ》にかかっているビニールやひもをササッと外《はず》す。

僕《ぼく》の駅弁《えきべん》のフタには道頓堀《どうとんぼり》、神戸《こうべ》ポートタワー、清水《きよみず》の舞台《ぶたい》といった関西《かんさい》の名所《めいしょ》のイラストがギッチリと描《えが》かれていた。

僕《ぼく》らは駅弁《えきべん》のフタに手《て》をかけたまま目《め》を合《あ》わせる。

『いっせいのぉ～でっ！』

四《よっ》つの駅弁《えきべん》のフタがいっせいに開《ひら》くと、美味《おい》しそうな香《かお》りがパッと周囲《しゅうい》に広《ひろ》がった。

栗《くり》ごはんは入《はい》っているかな!?

まるで、ビンゴゲームの当《あ》たりを探《さが》すみたいに、みんな駅弁《えきべん》を見《み》つめる。

僕《ぼく》の選《えら》んだ『関西味《かんさいあじ》めぐり』のごはんは真《ま》ん中《なか》に置《お》かれていた。ひし形《がた》に型抜《かたぬ》きされたごはんは、すごく美味《おい》しそう。でも、残念《ざんねん》ながら栗《くり》ごはんじゃなかった。真《ま》っ白《しろ》なごはんで、真《ま》ん中《なか》に小《ちい》さな梅干《うめぼ》しが埋《う》めこまれている。

違《ちが》うとわかった瞬間《しゅんかん》、みんなの駅弁《えきべん》に目《め》をやった。みんなも同《おな》じ思《おも》いらしく、それぞれ右《みぎ》に左《ひだり》に首《くび》をまわして、他《ほか》の人《ひと》の駅弁《えきべん》をのぞきこんでいる。

みさきちゃんの『たこ膳《ぜん》』には、タコの足《あし》が三《みっ》つのっていたけど栗《くり》はない。

「あ～ん。うちのは白《しろ》いごはんやぁ～」

萌《もえ》の『竹《たけ》むすび』に入《はい》っていた二《ふた》つのおむすびのごはんも白《しろ》。

『もしかして、そっ、それは栗《くり》!?』

僕《ぼく》らの視線《しせん》を集《あつ》めたのは、上田《うえだ》の駅弁《えきべん》『旅《たび》のにぎわい御膳《ごぜん》』だった。

なんと、ごはんが二種類《しゅるい》。一方《いっぽう》は赤《あか》、もう一方《いっぽう》は茶色《ちゃいろ》だ。卵焼《たまごや》き、かまぼこ、焼《や》きジャケ、厚揚《あつあ》げ豆腐《どうふ》、野菜《やさい》のすき焼《や》き風煮込《ふうにこ》み、豚肉《ぶたにく》と玉《たま》ねぎの串《くし》カツ、煮物《にもの》などおかずも盛《も》り沢山《だくさん》。

まさに「にぎわい弁当《べんとう》」って感《かん》じ。

そしてごはんの上《うえ》に、黄色《きいろ》くて丸《まる》い大《おお》きなものが一《ひと》つポツンとのっていた！

もしかして栗《くり》!?

「俺《おれ》、一発《いっぱつ》で当《あ》ててもうたんか〜。これやから天才《てんさい》は困《こま》ってまうなぁ〜あっはは……」

顔《かお》を近《ちか》づけて『にぎわい御膳《ごぜん》』をのぞきこんだみさきちゃんが、目《め》を二、三回《かい》パチクリさせてから、上半身《じょうはんしん》を起《お》こしておもむろにため息《いき》をついた。

「確《たし》かに栗《くり》は一《ひと》つのっているけど……。栗《くり》ごはんじゃないんちゃう？」

「えっ!?」

「栗《くり》ごはんやのうて、これは赤飯《せきはん》や」

「じゃあ、こっちのはどうや？」

上田《うえだ》は弁当《べんとう》の中《なか》にある、もう一《ひと》つの黄色《きいろ》いものを、じっと見《み》つめる。

「こっちは……タッ、タコ焼《や》きか!?」

「あぶなぁ〜。あやうく上田《うえだ》なんぞに、当《あ》てられてしまうとこやったわ〜」

萌《もえ》がそう言《い》って胸《むね》をなでおろした。なんだ、萌《もえ》。けっこう楽《たの》しんでんじゃん。

萌《もえ》も思《おも》い出《で》の駅弁探《えきべんさが》しが楽《たの》しくなってきたのかな。

「みさきのおばあちゃんの思《おも》い出《で》の駅弁《えきべん》は、大阪《おおさか》で買《か》ったんやないちゅうことやなぁ」

「まだ二《ふた》つ残《のこ》ってるけどね」

「せやったせやった。まぁ、大回《おおまわ》りは始《はじ》まったばかりや！」

「じゃあ、みんな朝《あさ》ごはんにしようよ！」

僕《ぼく》がパチンと両手《りょうて》を鳴《な》らしたのに続《つづ》いて、みんな両手《りょうて》を合《あ》わせる。

『いっただきま〜す!!』

「いくでぇ〜!! うらぁぁぁぁぁ！」

上田《うえだ》はいきなり駅弁《えきべん》に顔《かお》を突《つ》っこんでズバババと食《た》べはじめる。

すっ、すごいな……上田《うえだ》。まるでサイクロン掃除機《そうじき》のように、次々《つぎつぎ》におかずやごはんを勢《いきお》いよく吸《す》いこんでいく。

「なにやっても落《お》ち着《つ》きないなぁ〜」

みさきちゃんがあきれたようにつぶやくが、上田《うえだ》は箸《はし》も止《と》めずに答《こた》える。

「マズいものは咽《のど》を通《とお》らん。つまり……うまいものほど早《はや》よう食《た》べてまうってこっちゃ！」

「どんな理屈《りくつ》やねん？」

　みさきちゃんは、肩《かた》をすくめ「お手上《てあ》げや」って顔《かお》をした。

　僕《ぼく》の駅弁《えきべん》には神戸名物《こうべめいぶつ》のすき焼《や》き、大阪名物《おおさかめいぶつ》の串《くし》カツとタコ焼《や》き、明石名物《あかしめいぶつ》のタコ、京都《きょうと》名物《めいぶつ》の漬《つ》け物《もの》がごはんの周《まわ》りに詰《つ》められていた。

　お弁当《べんとう》にタコ焼《や》きってどうなのかなと思《おも》いながら、ひと口《くち》食《た》べた。

　うまいっ。

　それから、白《しろ》いごはんと一緒《いっしょ》にタコ焼《や》きを口《くち》にほうりこむ。

「美味《おい》し〜い！　タコ焼《や》きっておかずになるんだ！」

　タコ焼《や》きはカリッと揚《あ》げられているから、冷《ひ》えていても美味《おい》しいし、味《あじ》が濃《こ》いのでごはんのおかずにもちょうどいい。

「電車《でんしゃ》に乗《の》って食《た》べる駅弁《えきべん》が、うまないわけないよなぁ〜」

　みさきちゃんは幸《しあわ》せそうにつぶやく。

「KTT《ケーティーティー》のみんなと一緒《いっしょ》だしね！」

「もう〜雄太君《ゆうたくん》はうれしいこと言《ゆ》うてくれるなぁ」

みさきちゃんは上目遣《うわめづか》いで僕《ぼく》を見《み》て、ニコッとかわいらしく笑《わら》う。

「本当《ほんとう》だもん。鉄道好《てつどうず》きのみんなと、朝《あさ》から電車《でんしゃ》に乗《の》って駅弁《えきべん》が食《た》べられるなんて、これほど楽《たの》しいことはないよね」

「私《わたし》もほんまにそう思《おも》うわぁ～」

ウンウンとうなずきながら、みさきちゃんはタコの足《あし》をもふもふ食《た》べた。

みさきちゃんチョイスの『たこ膳《ぜん》』は、タコが三切《みき》れのったごはんがメインで、美味《おい》しそうな煮物《にもの》やフライ、卵焼《たまごや》きが詰《つ》められている。

萌《もえ》が頼《たの》んだ『竹《たけ》むすび』の容器《ようき》は竹《たけ》の皮《かわ》を加工《かこう》して作《つく》られていて、持《も》って帰《かえ》れば、また、お弁当箱《べんとうばこ》として活躍《かつやく》してくれそうな感《かん》じ。

小《ちい》さめのかわいいお弁当箱《べんとうばこ》の手前《てまえ》に大《おお》きなおむすびが二《ふた》つ。そして上《うえ》と中《なか》の段《だん》には卵焼《たまごや》き、焼《や》き魚《ざかな》、肉《にく》とタケノコの煮物《にもの》がきゅっと入《い》れられている。

「萌《もえ》ちゃ～ん。お肉少《にくすこ》しちょうだ～い」

みさきちゃんに言《い》われた萌《もえ》は、すっと駅弁《えきべん》を前《まえ》に出《だ》す。

「どうぞどうぞ！　好《す》きなの取《と》って～」

「うわ、どれにしよ。あ、これにする。いい？」

「もちろん」

「ありがとう。萌《もえ》ちゃん」

しっかり煮《に》こまれたお肉《にく》をもらったみさきちゃんは、今度《こんど》は自分《じぶん》の駅弁《えきべん》を萌《もえ》に差《さ》し出《だ》した。

「タコ食《た》べる〜？」

萌《もえ》ははにかみながら首《くび》を左右《さゆう》に振《ふ》る。

「ありがとうな、みさきちゃん。タコは好《す》きなんやけど、うち、朝《あさ》からたくさん食《た》べられへんねん。だから遠慮《えんりょ》しとくわ〜」

上田《うえだ》は箸《はし》を止《と》め、ムクリと顔《かお》をあげる。

「萌《もえ》ちゃん、もしかしてそんなに食《た》べられなくて困《こま》ってるんか？」

「うん……いつも朝《あさ》ごはんって言《ゆ》うたら、パン一枚《まい》とかやん」

「ほな、少《すこ》しおかずもらってええか？」

「かまわへんよ」

「うわぁ～萌《もえ》ちゃん、マジ天使《てんし》！　いただきま～す」

ニコニコ顔《がお》で上田《うえだ》は、萌《もえ》のお弁当《べんとう》からヒョイヒョイとおかずを自分《じぶん》の駅弁《えきべん》に移《うつ》す。

「雄太《ゆうた》、おかずの交換《こうかん》せえへんか？」

「いいね。そうしたら、いろんな味《あじ》が味《あじ》わえるもんね」

おかずのやりとりを始《はじ》めると、たちまちみんなの駅弁《えきべん》が『にぎわい御膳《ごぜん》』になっちゃった。

こんなふうに、駅弁《えきべん》のおかずを取《と》り替《か》えっこできるのも、仲間《なかま》で旅行《りょこう》する楽《たの》しみの一《ひと》つだよね。

僕《ぼく》らは車窓《しゃそう》に広《ひろ》がる阪和線《はんわせん》の景色《けしき》を楽《たの》しみながら、駅弁《えきべん》を美味《おい》しくいただいた。

阪和線《はんわせん》沿《ぞ》いは大阪《おおさか》のベッドタウンだから、周《まわ》りにはたくさんのマンションや住宅《じゅうたく》が建《た》ち並《なら》んでいる。右《みぎ》の車窓《しゃそう》の遠《とお》くには高《たか》い煙突《えんとつ》がいくつも見《み》える。赤《あか》と白《しろ》のシマシマに塗《ぬ》られた煙突《えんとつ》からは白《しろ》い煙《けむり》がモクモク出《で》て、風《かぜ》になびいていた。

「食《く》った～食《く》った～!!　めっちゃうまかった～!!」

キッチリとフタを閉《し》めた上田《うえだ》は「ごちそうさん」と駅弁《えきべん》に向《む》かって両手《りょうて》を合《あ》わせる。

「もう食《た》べ終《お》わったの!?」

そのあまりの早《はや》さに驚《おどろ》いてしまった。

萌《もえ》の駅弁《えきべん》を少《すこ》し分《わ》けてもらった上田《うえだ》は、僕《ぼく》やみさきちゃんの1.5倍《ばい》くらいの分量《ぶんりょう》だったはずなのに、なんと最初《さいしょ》に食《た》べ終《お》えたのだ。

「『早飯《はやめし》も芸《げい》のうち』って言《い》うやろ？」

「なんなの、それ？　関西《かんさい》のことわざ？」

「食《た》べる時間《じかん》をとれん業界《ぎょうかい》では、飯《めし》をちゃっちゃっと食《く》うことも、特技《とくぎ》の一《ひと》つと言《い》ってもええってこっちゃな」

「食《た》べる時間《じかん》をとれない業界《ぎょうかい》？」

「昔《むかし》は歌舞伎《かぶき》みたいな『芸能《げいのう》』をする人《ひと》らのことを言《ゆ》うたらしいけど、今《いま》やったら警察官《けいさつかん》、パイロット、自衛官《じえいかん》、看護師《かんごし》、宅配便《たくはいびん》とか、みんな忙《いそが》しいから短《みじか》い時間《じかん》にちゃっちゃっと食《た》べられたほうがええやろ」

「そういうことかぁ〜」

食《た》べ終《お》わった上田《うえだ》は、タコを口元《くちもと》へ運《はこ》ぶみさきちゃんを見《み》る。

「そういや、みさき。さすがに『たこ膳《ぜん》』を選《えら》ぶのはナシやろ？」

「え〜なんでや〜？」

みさきちゃんの口《くち》にタコの足《あし》がスルスルと吸《す》い込《こ》まれていく。

「おばあちゃんが栗《くり》ごはんって言《ゆ》うとるのに『たこ膳《ぜん》』って……。それ、どう考《かん》えても夕コ飯《めし》になるって想像《そうぞう》つくやろ？」

モグモグと口《くち》を動《うご》かしながら考《かん》えたみさきちゃんはゴックンと飲《の》みこんで、苦笑《くしょう》した。

「そっか〜私《わたし》『美味《おい》しそう〜』と思《おも》って飛《と》びついちゃった」

「今日《きょう》はそういう旅《たび》やないっちゅうねん！」

上田《うえだ》が肩《かた》にパスッと突《つ》っこむと、みさきちゃんは「あたっ」と言《い》い、ふふっと笑《わら》う。

まるで事前《じぜん》に打《う》ち合《あ》わせでもしているみたいに、二人《ふたり》の会話《かいわ》は息《いき》がぴったり。

天王寺《てんのうじ》からは通過駅《つうかえき》が増《ふ》え、スピードがグンと上《あ》がる。

そして、この辺《へん》から大《おお》きなスーツケースを持《も》った外国人《がいこくじん》が、「Go《ゴー》 to《トゥ》 the《ザ》 front《フロント》 of《オブ》 the《ザ》 vehicle《ヴィークル》」(前《まえ》の車両《しゃりょう》へ行《い》け）とか言《い》いながら、通路《つうろ》をワイワイと歩《ある》いて行《い》くのをよく見《み》かけた。

堺市《さかいし》、三国ケ丘《みくにがおか》、鳳《おおとり》、和泉府中《いずみふちゅう》、東岸和田《ひがしきしわだ》、熊取《くまとり》と停車《ていしゃ》した紀州路快速《きしゅうじかいそく》は、日根野《ひねの》という駅《えき》を目指《めざ》して走《はし》る。

この頃《ころ》にはみんな駅弁《えきべん》を食《た》べ終《お》えていた。

他《ほか》の駅弁《えきべん》の箱《はこ》は捨《す》てることにしたけど、萌《もえ》は、竹《たけ》の皮《かわ》でできていた『竹《たけ》むすび』の容器《ようき》を「これはなにかに使《つか》えそう」と持《も》ち帰《かえ》ることにしたみたい。

8時《じ》1分《ぷん》に日根野駅《ひねのえき》2番線《ばんせん》に電車《でんしゃ》がすべりこむや、上田《うえだ》が立《た》ち上《あ》がった。

「ここは阪和線《はんわせん》の見《み》どころや。ちょっと見《み》に行《い》こうか〜」

上田《うえだ》が扉《とびら》に向《む》かって歩《ある》き出《だ》す。僕《ぼく》らはあわてて後《うし》ろをついていった。

プシュと開《ひら》いたドアから出《で》ると、上田《うえだ》はホームを先頭車方向《せんとうしゃほうこう》へ向《む》かう。

5号車《ごうしゃ》と4号車《ごうしゃ》の乗務員扉《じょうむいんとびら》が開《ひら》いているのが見《み》えた。

「見《み》どころって……もしや」

僕《ぼく》がつぶやくと、上田《うえだ》がニヒヒと笑《わら》う。

「これが大阪《おおさか》から紀州路快速《きしゅうじかいそく》に乗《の》る時《とき》には気《き》をつけなあかんとこや」

「まさか、ここで切《き》り離《はな》しをするの!?」

テンションを上《あ》げて僕《ぼく》が聞《き》くと、上田《うえだ》はコクリとうなずく。

「せや、大阪《おおさか》から関西国際空港《かんさいこくさいくうこう》へ向《む》かう『関空快速《かんくうかいそく》』と、和歌山《わかやま》へ向《む》かう『紀州路快速《きしゅうじかいそく》』は、ここ日根野《ひねの》まで併結《へいけつ》で走《はし》ってくるんや」

今回《こんかい》の場合《ばあい》だと八両編成《りょうへんせい》で先頭《せんとう》の1号車《ごうしゃ》から4号車《ごうしゃ》までは『関空快速《かんくうかいそく》』、後方《こうほう》の5号車《ごうしゃ》から8号車《ごうしゃ》までは『紀州路快速《きしゅうじかいそく》』ってこと。日根野《ひねの》でど真《ま》ん中《なか》で四両《りょう》ずつに分割《ぶんかつ》されるんだ。

萌《もえ》は関空快速《かんくうかいそく》の最後尾《さいこうび》になる4号車《ごうしゃ》の中《なか》を見《み》て目《め》を丸《まる》くした。

「うわっ、外国人《がいこくじん》さんでいっぱいや！」

4号車《ごうしゃ》はスーツケースを持《も》った外国人《がいこくじん》で、ラッシュアワーの車内《しゃない》みたいになっていた。

今《いま》まで八両《りょう》だったのに、ここから四両《りょう》にな

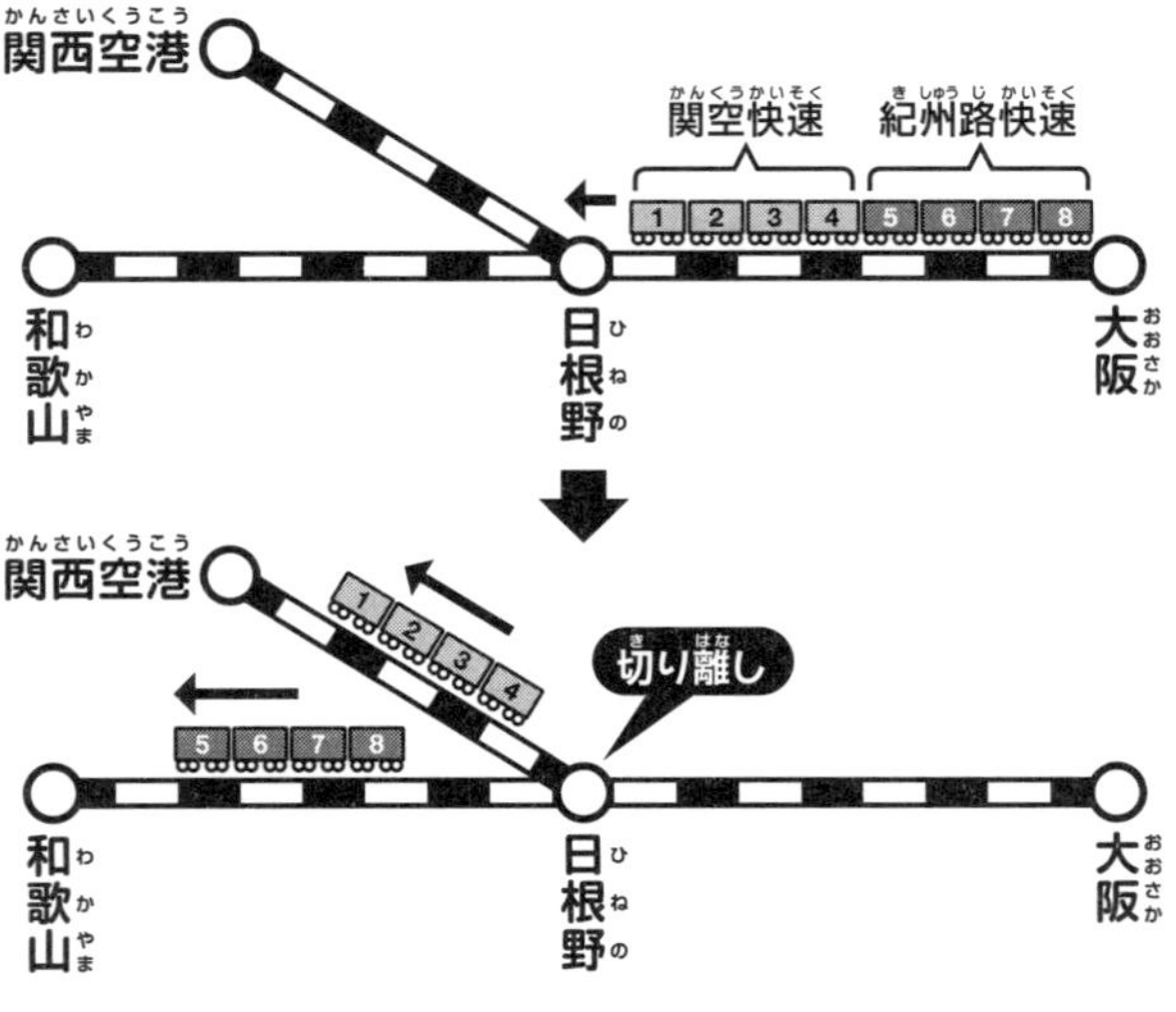

ってしまうからさらに混雑《こんざつ》してしまうんだね。

「最近《さいきん》は関空《かんくう》から外国《がいこく》へ帰《かえ》る人《ひと》も多《おお》いんだよね」

だから荷物《にもつ》を持《も》った外国人《がいこくじん》が電車《でんしゃ》の中《なか》を移動《いどう》していたんだと、僕《ぼく》は納得《なっとく》。

「関空行《かんくういき》は、かなり混雑《こんざつ》して駅弁《えきべん》どころやあらへんから、後《うし》ろの車両《しゃりょう》にしたんや」

「なるほどね。さすが上田《うえだ》！」

「じゃあ、私《わたし》は連結器《れんけつき》外《はず》れる音《おと》を録《と》〜ろっと」

首《くび》にかけていたヘッドホンを耳《みみ》にかけたみさきちゃんは、ＩＣ《アイシー》レコーダーのマイクを立《た》てて連結部《れんけつぶ》へ向《む》けた。

みさきちゃんは、電車《でんしゃ》の音《おと》が大好《だいす》きな音鉄《おとてつ》。電車《でんしゃ》がレールを走《はし》る時《とき》の音《おと》や、エンジン音《おん》などを録音《ろくおん》して、コレクションしているんだ。

駅員《えきいん》さんが５号車《ごうしゃ》と４号車《ごうしゃ》の運転台《うんてんだい》に入《はい》って、手早《てばや》く切《き》り離《はな》し準備《じゅんび》を始《はじ》める。

４号車《ごうしゃ》の正面窓下《しょうめんまどした》のテールランプが赤《あか》く灯《とも》り、５号車《ごうしゃ》のヘッドライトが弱《よわ》めに点灯《てんとう》する。

「大丈夫《だいじょうぶ》か〜？　上田《うえだ》。ホームでボヤボヤ見《み》てるうちに電車《でんしゃ》が出発《しゅっぱつ》したら……」

萌《もえ》は少《すこ》し不安《ふあん》そうな顔《かお》でつぶやく。上田《うえだ》は先頭方向《せんとうほうこう》を指差《ゆびさ》した。

「大丈夫《だいじょうぶ》や。出発《しゅっぱつ》は先頭側《せんとうがわ》の関空快速《かんくうかいそく》が先《さき》で、そのあと紀州路快速《きしゅうじかいそく》やから」

僕《ぼく》はケータイを出《だ》して、時刻表《じこくひょう》で二《ふた》つの電車《でんしゃ》の出発時刻《しゅっぱつじこく》を確認《かくにん》する。

「上田《うえだ》の言《い》うとおり、関空快速《かんくうかいそく》は8時《じ》3分発《ぷんはつ》。紀州路快速《きしゅうじかいそく》は8時《じ》5分発《ふんはつ》だよ」

「つまり関空快速《かんくうかいそく》が出発《しゅっぱつ》してから、二分以内《ふんいない》に電車《でんしゃ》に乗《の》ったらええってこっちゃ」

やがて、切《き》り離《はな》し準備《じゅんび》が終了《しゅうりょう》。

《関西空港行《かんさいくうこうい》き、関空快速《かんくうかいそく》まもなく発車《はっしゃ》いたしま〜す》

ホームに出発《しゅっぱつ》を知《し》らせるアナウンスが流《なが》れると、車掌《しゃしょう》さんが4号車《ごうしゃ》の乗務員室《じょうむいんしつ》の前《まえ》に立《た》った。車掌《しゃしょう》さんは、乗《の》りこんでくるお客《きゃく》さんを確《たし》かめ、扉横《とびらよこ》の「車掌《しゃしょう》スイッチ」を押《お》す。

ちなみに電車《でんしゃ》のすべてのドアの開閉《かいへい》は、この車掌《しゃしょう》スイッチで行《おこな》われているんだよ。

プシュユユユユ……。

空気《くうき》の抜《ぬ》けるような音《おと》がして、223系《けい》の扉《とびら》がゆっくり閉《し》まる。

8時《じ》3分発《ぷんはつ》、関空快速《かんくうかいそく》は日根野《ひねの》をスルスルと離《はな》れた。

列車分割《れっしゃぶんかつ》といっても通勤電車《つうきんでんしゃ》の場合《ばあい》は、案外《あんがい》アッサリとしている。

みさきちゃんは離《はな》れていく後部車両《こうぶしゃりょう》の音《おと》を録《と》るために、マイクを持《も》った右手《みぎて》を上《うえ》へあげ、ヘッドホンに意識《いしき》を集中《しゅうちゅう》している。関空快速《かんくうかいそく》が見《み》えなくなるまで録音《ろくおん》を続《つづ》け、みさきちゃんは満足《まんぞく》げにヘッドホンを耳《みみ》から離《はな》した。

「よしっ、ええ音《おと》が録《と》れたわ〜」

上田《うえだ》はみさきちゃんに笑《わら》いかける。

「ほな、紀州路快速《きしゅうじかいそく》へ戻《もど》ろか。和歌山《わかやま》までは、あと少《すこ》しやから」

「どのくらいなん？」

すぐ後《うし》ろを歩《ある》く萌《もえ》が聞《き》く。

「あと、三十分《さんじゅっぷん》くらいや」

「おぉ〜和歌山《わかやま》は割合《わりあい》近《ちか》かったな」

萌《もえ》も大回《おおまわ》りが楽《たの》しくなってきたのかな？

すでに、大阪《おおさか》から一時間近《じかんちか》く、電車《でんしゃ》に乗《の》っている。いつもの萌《もえ》なら、もう十分《じゅうぶん》だとぶつくさ言《い》ってもおかしくない。でも、今日《きょう》は全然《ぜんぜん》、気《き》になっていないみたい。それが僕《ぼく》はちょっと、いや、かなりうれしい。萌《もえ》にももっと電車《でんしゃ》が好《す》きになってほしいから。

電車《でんしゃ》の中《なか》で駅弁《えきべん》を食《た》べたり景色《けしき》を見《み》たり、楽《たの》しいことがいっぱいだったから、あっという間《ま》に思《おも》えたんじゃないかな。

そうだったらいいのになぁ〜と僕《ぼく》は萌《もえ》の背中《せなか》を見《み》ながら思《おも》った。

「次《つぎ》は和歌山《わかやま》か〜。和歌山《わかやま》にはどんな駅弁《えきべん》があるんやろ〜？」

5号車《ごうしゃ》に戻《もど》ったみさきちゃんは、窓《まど》の外《そと》を見回《みまわ》しながら声《こえ》を弾《はず》ませる。

「和歌山《わかやま》なぁ……なにが名物《めいぶつ》や？」

上田《うえだ》とみさきちゃんは、和歌山《わかやま》の駅弁《えきべん》の話《はなし》で盛《も》り上《あ》がりはじめる。

「柿《かき》とかみかんとか……だったら柿弁当《かきべんとう》！」

「アホか!?　柿《かき》はおかずにならへんやろ？」

「ほな、みかん弁当《べんとう》！」

「そんな弁当《べんとう》あるかい！」

二人《ふたり》の楽《たの》しげな声《こえ》が響《ひび》いている。

紀州路快速《きしゅうじかいそく》は8時《じ》5分《ふん》、関空快速《かんくうかいそく》を追《お》うように日根野《ひねの》を出発《しゅっぱつ》した。

日根野《ひねの》を出《で》ると車窓《しゃそう》の景色《けしき》は一変《いっぺん》する。

すぐ近《ちか》くまで山《やま》が迫《せま》ってくるのだ。家《いえ》は谷間《たにま》にポツンポツンと建《た》っているだけだ。

「和歌山駅《わかやまえき》の売店《ばいてん》は、1番線《ばんせん》にしかないらしいな」

「よく知《し》っているね、上田《うえだ》。ちゃんと調《しら》べてきたんだ」

「せやぁ～今回《こんかい》はばっちりやで。……このサイトがめっちゃくわしくて使《つか》いやすいねん」

上田《うえだ》はケータイを取《と》り出《だ》して、『駅弁魔人《えきべんまじん》アーカイブス』ってサイトを見《み》せてくれた。

「上田《うえだ》、ありがとうな……」

少《すこ》し恐縮《きょうしゅく》しながらお礼《れい》を言《い》ったみさきちゃんの鼻《はな》の頭《あたま》を、上田《うえだ》はポンと指《ゆび》でタップする。

「気《き》にすんなや！　幼《おさな》なじみのためやないかい」

みさきちゃんはニコリと微笑《ほほえ》む。

「ええやつやな、ほんとは」

「〝ほんとは〟だけ、余計《よけい》やっ」

上田《うえだ》は照《て》れたように笑《わら》った。

電車《でんしゃ》は大《おお》きな川《かわ》にかかった鉄橋《てっきょう》をガタンガタンと渡《わた》りはじめた。

和歌山県《わかやまけん》を横断《おうだん》するように流《なが》れている紀《き》ノ川《かわ》だ。橋《はし》を渡《わた》ればすぐ和歌山駅《わかやまえき》だ。

「ついに二《ふた》つ目《め》の県《けん》に入《はい》ったなぁ」

みさきちゃんがニコニコしながら、窓《まど》の外《そと》を見《み》つめる。
紀州路快速《きしゅうじかいそく》は和歌山駅《わかやまえき》の2番線《ばんせん》に8時《じ》30分《ぷん》に到着《とうちゃく》した。
和歌山駅《わかやまえき》は、このエリアの中心的《ちゅうしんてき》な、とても大《おお》きなターミナル駅《えき》。
阪和線《はんわせん》、紀勢本線《きせいほんせん》、和歌山線《わかやません》の他《ほか》に、私鉄《してつ》の和歌山電鐵貴志川線《わかやまでんてつきしがわせん》も通《とお》っている。
そのために9番線《ばんせん》まであって、たくさんの線路《せんろ》が構内《こうない》に敷《し》かれているんだ。
近《ちか》くの階段《かいだん》を上《のぼ》り跨線橋《こせんきょう》を渡《わた》り、僕《ぼく》らは一番奥《いちばんおく》の1番線《ばんせん》へと続《つづ》く階段《かいだん》を下《くだ》った。
1番線《ばんせん》の真《ま》ん中《なか》に、白《しろ》い壁《かべ》で囲《かこ》まれたきれいな売店《ばいてん》が見《み》える。
「よしっ、今度《こんど》こそ思《おも》い出《で》の駅弁《えきべん》を当《あ》てるぞ！」
僕《ぼく》らは売店《ばいてん》に向《む》かって駆《か》けだした。

3 鉄道天国《てつどうてんごく》!?　それともバツゲーム!?

『えーーっ!!　駅弁《えきべん》がないーーー!?』

僕《ぼく》らは売店《ばいてん》の前《まえ》で声《こえ》を合《あ》わせて叫《さけ》んでしまった。

「ごめんねぇ〜。ちょっと前《まえ》から駅弁《えきべん》の取《と》り扱《あつか》いをやめたのよぉ〜」

店《みせ》の赤《あか》い制服《せいふく》を身《み》に着《つ》けたおばちゃんが、すまなそうな顔《かお》で言《い》う。

僕《ぼく》らはガックリときたが、上田《うえだ》は気《き》にしていない!?

いつもの明《あか》るい声《こえ》で、あっけらかんと叫《さけ》ぶ。

「第二回《だいにかい》!　店員《てんいん》さんに内容《ないよう》は聞《き》かずに、ズバリ当《あ》てようのコーナーーーー!!」

「でっ、でも駅弁《えきべん》がないって……」

「駅弁《えきべん》はないけど、食《た》べもんがないわけやない!　な、おばちゃん!」

関東《かんとう》なら、おばちゃんなんて呼《よ》ばれたら、ちょっとむっとしちゃう人《ひと》も多《おお》いけど、関西《かんさい》ではおばちゃんのどこが悪《わる》いという感《かん》じ。上田《うえだ》におばちゃんと呼《よ》ばれた店員《てんいん》さんも、まったく気《き》にしていない。にこっと笑《わら》って、二《ふた》つ箱《はこ》を差《さ》し出《だ》した。

「食《た》べもんはちゃんと用意《ようい》してますよ。ごはんものやったら『小鯛雀寿司《こだいすずめずし》』と『柿《かき》の葉《は》寿《ず》司《し》』がおすすめやけど……」

『両方《りょうほう》とも寿司《すし》!?』

寿司《すし》に栗《くり》ごはんを使《つか》うはずはない。

だが、みさきちゃんと上田《うえだ》は、おばちゃんに声《こえ》を合《あ》わせて言《い》い放《はな》った。

『その二《ふた》つのお寿司《すし》をください!』

えっ!? 寿司《すし》なんだよ。どうして!?

「はい。『小鯛雀寿司《こだいすずめずし》』と『柿《かき》の葉《は》寿司《ずし》』一《ひと》つずつね」

「駅弁《えきべん》のことについてちょっと聞《き》いていいですか?」

寿司《すし》を入《い》れた白《しろ》いビニール袋《ぶくろ》を受《う》け取《と》ったみさきちゃんは、おばちゃんにたずねた。

「わかることならいいんだけど」

「今《いま》まで扱《あつか》っていた駅弁《えきべん》で、栗《くり》ごはんが入《はい》っていたものはありましたか？」

おばちゃんは、あごに手《て》を当《あ》てた。

「栗《くり》ごはん……は、なかったと思《おも》うわよ～。和歌山《わかやま》で扱《あつか》っていた駅弁《えきべん》は『紀州熊野牛《きしゅうくまのぎゅう》の牛《ぎゅう》めし』とか『紀州《きしゅう》てまり弁当《べんとう》』とかだったから……」

僕《ぼく》らはおばちゃんに『ありがとうございました』と言《い》って売店《ばいてん》を離《はな》れた。

それから、みさきちゃんは振《ふ》り向《む》いて、今日《きょう》のナビゲーター、上田《うえだ》に確認《かくにん》する。

「和歌山《わかやま》はこれで制覇《せいは》したな。次《つぎ》は奈良《なら》へ向《む》かうん？」

「せや。和歌山線《わかやません》に乗《の》らなあかん」

僕《ぼく》は改札口《かいさつぐち》の案内板《あんないばん》を見上《みあ》げた。

「和歌山線《わかやません》は7番線《ばんせん》だ」

「行《い》こう！」

階段《かいだん》を下《お》りて、地下通路《ちかつうろ》へ。先頭《せんとう》を歩《ある》いていたみさきちゃんが「7」と書《か》かれた看板《かんばん》の階段《かいだん》を上《あ》がろうとしたときだった。

不意《ふい》に、上田《うえだ》の口《くち》から「あ～ぁ」と残念《ざんねん》そうな声《こえ》が聞《き》こえた。たまらずにもれ出《で》てしまったような、ため息《いき》みたいな声《こえ》だった。

「どないしたんや？　金《かね》でも落《お》としたような声《こえ》だして」

みさきちゃんがいつもの調子《ちょうし》でからっと聞《き》き返《かえ》す。

「この一《ひと》つ先《さき》のホーム……9番線《ばんせん》は『和歌山電鐵貴志川線《わかやまでんてつきしがわせん》』や」

「そうやね……それがどうしたん？」

「乗《の》りたいなぁて……」

「なに言《ゆ》うてんの。和歌山電鐵《わかやまでんてつ》に乗《の》るんやったら、大阪《おおさか》から和歌山《わかやま》までの電車賃《でんしゃちん》、払《はら》わんとあかんねんで。JR《ジェイアール》の改札《かいさつ》を出《で》たとたん、八〇円関西大回《えんかんさいおおまわ》り計画《けいかく》がパーやん」

「わかっとるって。誰《だれ》も乗《の》るとは言《い》っとらんがな。けどなぁ、大好物《だいこうぶつ》が目《め》の前《まえ》にあるっちゅうに、残念《ざんねん》やという気持《きも》ちはとめられんがな」

上田《うえだ》の眉《まゆ》が八《はち》の字《じ》になっている。

「いいよねぇ～和歌山電鐵《わかやまでんてつ》」

僕《ぼく》がそうつぶやくと、上田《うえだ》はブルッと頭《あたま》を振《ふ》って僕《ぼく》を見《み》た。目《め》が三角《さんかく》になっている。

どうした、上田《うえだ》？

「雄太《ゆうた》は乗《の》ったことあるんか!?」

「関西《かんさい》へ遊《あそ》びに来《き》た時《とき》に、ちょっと足《あし》を延《の》ばして乗《の》ったんだ〜。上田《うえだ》は？」

すぐには答《こた》えず、上田《うえだ》は「やられてもうたなぁ」と小《ちい》さな声《こえ》でぼやくように言《い》う。

「私鉄《してつ》好《ず》きの俺《おれ》としては和歌山電鐵貴志川線《わかやまでんてつきしがわせん》は、『絶対《ぜったい》に乗《の》っとかなあかん鉄道《てつどう》』やねんけど……大阪《おおさか》から近《ちか》いといえば近《ちか》いのに、和歌山《わかやま》へ来《く》るチャンスが案外《あんがい》なくてなぁ〜。今日《きょう》も乗《の》られへんとは……残念《ざんねん》やぁ〜」

上田《うえだ》はガックリと肩《かた》を落《お》とした。

僕《ぼく》には上田《うえだ》の気持《きも》ちが、すごくわかる。

すぐそこに乗《の》ってみたい電車《でんしゃ》があるのに、素通《すどお》りするなんて、悲《かな》しいよね。

「じゃあ、ちょっとだけのぞいてみようよ」

僕《ぼく》がそう言《い》うと、上田《うえだ》の顔《かお》がぱっと明《あか》るくなった。

僕《ぼく》らは地下通路《ちかつうろ》を歩《ある》いて「9」の看板《かんばん》のある階段《かいだん》まで歩《ある》いた。

その階段《かいだん》を見上《みあ》げた萌《もえ》が「きゃん〜」と声《こえ》をあげ、かわいくぴょんと飛《と》びはねた。

目《め》がハートになっている。

「なんで〜こんなところにかわいいネコのイラストが〜？」

階段《かいだん》の壁《かべ》にはネコのイラストを入《い》れた額《がく》がズラリと並《なら》んでいたのだ。

ちなみに和歌山電鐵《わかやまでんてつ》の改札口《かいさつぐち》は、この階段《かいだん》を上《のぼ》り切《き》った9番《ばん》ホームにあるんだよ。

「和歌山電鐵《わかやまでんてつ》の終点《しゅうてん》、貴志駅《きしえき》の駅長《えきちょう》はネコだからね」


『**ネコちゃん〜!!**』


これには女子二人《じょしふたり》が思《おも》いきり飛《と》びついた。

「どんなネコ？」

「名前《なまえ》はなに？」

「『たま』って名前《なまえ》の三毛《みけ》ネコが駅長《えきちょう》なんだ。初《はじ》めは改札口近《かいさつぐちちか》くのダンボール箱《ばこ》で飼《か》われていたらしいんだけど、人懐《ひとなつ》っこくて人気《にんき》になって、駅長《えきちょう》に任命《にんめい》されたんだって。今《いま》じゃ、全国《ぜんこく》から駅長《えきちょう》ネコ目当《めあ》てに、人《ひと》が押《お》し寄《よ》せてるみたいだよ〜。しかも今《いま》は二代目《だいめ》！」

僕《ぼく》の話《はなし》を、萌《もえ》は目《め》を輝《かがや》かせながら聞《き》いている。

「そりぁ〜みんな見《み》たいやろなぁ。駅長《えきちょう》がかわいいネコちゃんやったら！」

「せやろ！　それでもって、貴志駅《きしえき》は駅舎《えきしゃ》もネコの顔《かお》の形《かたち》なんや。『たま』のネコ小屋《ごや》っちゅうことやな」

上田《うえだ》が小鼻《こばな》をひくひくさせて言《い》った。

『ネコ顔《がお》の駅舎《えきしゃ》――――!?』

みさきちゃんと萌《もえ》の声《こえ》が重《かさ》なる。

「そらぁ〜和歌山電鐵《わかやまでんてつ》に乗《の》らなあかんやん！　たまちゃんに会《あ》いに行《い》こうなぁ〜」

目《め》をピカーンと輝《かがや》かせて、階段《かいだん》を上《のぼ》りだそうとした萌《もえ》の肩《かた》を、僕《ぼく》はパシンとつかむ。

「ストップ！　残念《ざんねん》だけど今日《きょう》はダメだってば！　大回《おおまわ》り中《ちゅう》なんだからっ」

「ちょっとだけなら、ええんとちゃう？　貴志駅《きしえき》まで行《い》って戻《もど》ってきて、大回《おおまわ》りを続行《ぞっこう》ってできへんの？」

僕《ぼく》はきっぱり首《くび》を横《よこ》に振《ふ》った。

「さっきみさきちゃんが言《い》っただろ。私鉄《してつ》に乗《の》り換《か》えたら、その時点《じてん》で大回《おおまわ》りは終了《しゅうりょう》。ルール③『改札口《かいさつぐち》から出《で》たらダメ』を破《やぶ》ることになっちゃうから」

萌《もえ》ははぁ〜と息《いき》をはく。

「そっかぁ〜ダメなんかぁ〜」

「また別《べつ》な機会《きかい》に乗《の》りに来《こ》ようよ。和歌山電鐵《わかやまでんてつ》も、たま駅長《えきちょう》も逃《に》げたりしないから」

「そやな。今日《きょう》はみさきちゃんのおばあちゃんの駅弁探《えきべんさが》さんとなっ」

僕《ぼく》らは地下通路《ちかつうろ》を戻《もど》って、7番線《ばんせん》に向《む》かう階段《かいだん》をタンタンと上《のぼ》った。

その時《とき》だった。鉄道《てつどう》の神様《かみさま》は僕《ぼく》らにちょっとしたプレゼントをくれた。

「うわぁ〜かわいいネコ電車《でんしゃ》や〜!!」

和歌山線《わかやません》の7番線《ばんせん》から見《み》える和歌山電鐵《わかやまでんてつ》の9番線《ばんせん》ホームに、『たま』のイラストが車体《しゃたい》に描《えが》かれた電車《でんしゃ》が停《と》まっていた!

「あれは『たま電車《でんしゃ》』だよ。水戸岡鋭治《みとおかえいじ》さんデザインのねぇ〜」

水戸岡鋭治《みとおかえいじ》さんは、800系新幹線《けいしんかんせん》の他《ほか》、ななつ星《ぼし》in九州《インきゅうしゅう》、ゆふいんの森《もり》、富士山《ふじさん》ビュー特急《とっきゅう》、富山地鉄《とやまちてつ》のアルプスエキスプレスなど、多《おお》くの日本《にほん》の観光列車《かんこうれっしゃ》をデザインしている最高峰《さいこうほう》の鉄道《てつどう》デザイナーなんだ。

水戸岡《みとおか》さんのたま電車《でんしゃ》は、遊《あそ》び心《ごころ》たっぷりで、ネコ好《ず》きなら飛《と》びつかずにいられないデ

ザインだった。

白《しろ》い車体《しゃたい》にはたくさんの「たま」のイラストがみっちり並《なら》び、電車正面《でんしゃしょうめん》には左右《さゆう》に三本《ぼん》ずつ合計六本《ごうけいろっぽん》の黒《くろ》いヒゲが大《おお》きく描《えが》かれている。屋根《やね》には黒《くろ》とオレンジの耳《みみ》までついているんだ。


ウワァァァァァァァァァァァァァァァン！


8時《じ》52分《ふん》、9番線《ばんせん》からたま電車《でんしゃ》はググッと発車《はっしゃ》していく。

萌《もえ》は、たま電車《でんしゃ》の後《うし》ろ姿《すがた》を食《く》い入《い》るように見《み》つめている。

こんなに電車《でんしゃ》に真剣《しんけん》になる萌《もえ》は初《はじ》めてかも。

「和歌山電鐵《わかやまでんてつ》にはね〜他《ほか》にも車内《しゃない》にフィギュア、プラモデル、おもちゃが飾《かざ》られている『おもちゃ電車《でんしゃ》』や、床《ゆか》もシート生地《きじ》もイチゴ柄《がら》の『いちご電車《でんしゃ》』も走《はし》っているんだよ」

案《あん》の定《じょう》、萌《もえ》ががっつり食《く》いついてくる。

「えっ!?　イチゴ柄《がら》の電車《でんしゃ》!?　ええなぁ〜。ゆうくん、今度《こんど》和歌山電鐵《わかやまでんてつ》に連《つ》れてきてぇや〜」

僕《ぼく》は「いいよ」と微笑《ほほえ》んだ。萌《もえ》が電車《でんしゃ》をもっともっと好《す》きになってくれたらいいなって思《おも》ったから。

「和歌山電鐵《わかやまでんてつ》には二人《ふたり》だけで来《こ》よな〜」

萌《もえ》が長《なが》いまつげをゆらして目《め》をぱちぱちさせると、みさきちゃんがすかさずハイハイと手《て》を挙《あ》げた。

「私《わたし》も！　私《わたし》も！　一緒《いっしょ》に行《い》くわ〜」

「三人《にん》やったらデートにならんやろ！」

萌《もえ》が肩《かた》に突《つ》っこむと、みさきちゃんは「ええやん。気《き》にせんといて」とニヒヒと笑《わら》った。

「雄太《ゆうた》〜モテモテやんけぇ〜」

ニヤリと笑《わら》う上田《うえだ》に、僕《ぼく》は右手《みぎて》をブンブン振《ふ》りまくる。

「そっ、そんなことないって！　そんなわけないって」

たま電車《でんしゃ》を見送《みおく》ってすぐ、7番線《ばんせん》に奈良方面《ならほうめん》から青緑色《あおみどりいろ》の電車《でんしゃ》が近《ちか》づいてきた。

貫通扉《かんつうとびら》を真《ま》ん中《なか》にはさんで、正面《しょうめん》には窓《まど》が三枚《まい》あり、一両《りょう》に四枚《まい》の両開《りょうびら》きドアがある。

「105系《けい》だね」

「私《わたし》、この車両《しゃりょう》は初《はじ》めてやっ！」

みさきちゃんの声《こえ》が弾《はず》んでる。

手早《てばや》く、IC《アイシー》レコーダーを取《と》り出《だ》してマイクを二本立《ほんた》てる姿《すがた》が決《き》まっている。

ブレーキ音《おん》をあげて停止《ていし》した車両《しゃりょう》を見上《みあ》げながら上田《うえだ》がつぶやく。

「105系《けい》は今《いま》、奈良《なら》か和歌山《わかやま》のローカル線《せん》やないと、見《み》られへんからなぁ」

「うわぁ〜古《ふる》ない？　この車両《しゃりょう》。編成《へんせい》も短《みじか》いし……」

萌《もえ》が二両編成《りょうへんせい》の電車《でんしゃ》を見《み》て言《い》った。実際《じっさい》、車両《しゃりょう》は、ひと目《め》でかなり使《つか》いこまれているとわかる。

「これはJR《ジェイアール》の前《まえ》の会社《かいしゃ》、日本国有鉄道時代《にほんこくゆうてつどうじだい》に製造《せいぞう》された車両《しゃりょう》やからなぁ。JR西日本《ジェイアールにしにほん》やと、まだこうして走《はし》っとるけど、JR東日本《ジェイアールひがしにほん》の105系《けい》はすべて廃車《はいしゃ》になっとるくらいや」

「僕《ぼく》は古《ふる》い車両《しゃりょう》も大好《だいす》きだけどね！」

「俺《おれ》もや」

僕《ぼく》と上田《うえだ》は顔《かお》を見合《みあ》わせうなずいた。

105系《けい》は、今《いま》の電車《でんしゃ》のようにスマートな銀色《ぎんいろ》ではなく、車体《しゃたい》の上《うえ》から下《した》まで青緑色《あおみどりいろ》に塗《ぬ》られている。

「車体全部《しゃたいぜんぶ》に色塗《いろぬ》ってんのんて、なんか珍《めずら》しくない？」

萌《もえ》が振《ふ》り向《む》いて、僕《ぼく》に言《い》った。

「あぁ～昔《むかし》の車両《しゃりょう》は『鋼鉄製《こうてつせい》』だから……」

「鋼鉄製《こうてつせい》？　電車《でんしゃ》はみんなそうちゃうの？」

きょとんとした顔《かお》の萌《もえ》に、僕《ぼく》は首《くび》を横《よこ》に振《ふ》る。

「今《いま》は『ステンレス』か『アルミニウム』製《せい》の車両《しゃりょう》が多《おお》いんだ。鉄《てつ》と違《ちが》って、錆《さ》びにくくて軽《かる》いから」

上田《うえだ》は右手《みぎて》で車体《しゃたい》をさわる。

「色《いろ》を全体《ぜんたい》に塗《ぬ》ってあるのは、デザインのためだけやなく、錆止《さびど》めのためや。最近《さいきん》の車両《しゃりょう》の色《いろ》が基本的《きほんてき》に銀色《ぎんいろ》なのは、錆止《さびど》めの必要《ひつよう》がないからなんやって」

萌《もえ》は「へぇ～」と感心《かんしん》したようにうなずいた。

プシュと音《おと》をさせてドアが開《ひら》く。僕《ぼく》らは先頭車《せんとうしゃ》の一番前《いちばんまえ》のドアから中《なか》へ入《はい》った。

フロアは黄土色《おうどいろ》で、進行方向《しんこうほうこう》に対《たい》して横向《よこむ》きに座《すわ》るロングシートタイプ。シートの青《あお》い生地《きじ》が日焼《ひや》けしたのか、少《すこ》し色《いろ》があせている。

運転台《うんてんだい》の後《うし》ろにはワンマン運転用《うんてんよう》の運賃箱《うんちんばこ》と運賃表《うんちんひょう》がデンと置《お》いてあった。

前方《ぜんぽう》は優先席《ゆうせんせき》だったので、僕《ぼく》らは先頭車《せんとうしゃ》の真《ま》ん中《なか》くらいに並《なら》んで座《すわ》る。

横《よこ》に座《すわ》った萌《もえ》は、右手《みぎて》を僕《ぼく》の耳元《みみもと》に当《あ》ててささやく。

「……このシートじゃあ駅弁《えきべん》は出《だ》しにくいなぁ」

確《たし》かに。クロスシートと違《ちが》い、ロングシートでは駅弁《えきべん》を食《た》べにくい。

「もう少《すこ》しするとお客《きゃく》さんが減《へ》ると思《おも》うから……」

車内《しゃない》には割合《わりあい》お客《きゃく》さんが乗《の》っていたので、少《すこ》し待《ま》つことにする。

「うち、まだ、全然《ぜんぜん》お腹《なか》減《へ》ってへんけど……」

「さっき駅弁《えきべん》を一《ひと》つ平《たい》らげたばかりだもんね」

その時《とき》、みさきちゃんが、すっと立《た》ち上《あ》がった。

「これはいいモーター音《おん》、録《と》れそうやぁ～」

「みさきちゃん。どこへ行《い》くん？」

「後《うし》ろの車両《しゃりょう》や。この電車《でんしゃ》のモーターがあるんは後《うし》ろやからな」

「えっ!? どうしてわかるん？ 鉄道《てつどう》ファンって、そんなことまで調《しら》べてんの？」

驚《おどろ》いた顔《かお》をした萌《もえ》に、みさきちゃんは答《こた》える。

「ちゃんと書《か》いてあるんよ。車体横《しゃたいよこ》に表示《ひょうじ》されている車両形式《しゃりょうけいしき》に」

「車両形式《しゃりょうけいしき》て……『クハ』とか『モハ』て書《か》いてある意味不明《いみふめい》の記号《きごう》のことか？」

「そうそう。記号《きごう》の中《なか》に『モ』って書《か》いてあったら、その車両《しゃりょう》にモーターが積《つ》んであるってことや。あと架線《かせん》から電気《でんき》を取《と》りこむ『パンタグラフ』ってひし形《がた》の装置《そうち》が屋根《やね》にのっている車両《しゃりょう》には、モーターがついていることが多《おお》いわ」

「へぇ～そうなんや……一度《いちど》、みさきちゃんに聞《き》きたかったんやけど、モーターの音《おと》って、電車《でんしゃ》によってそんなに違《ちが》うもんなん？ 同《おな》じように聞《き》こえる気《き》がするんやけど」

目《め》を細《ほそ》める萌《もえ》に向《む》かって、みさきちゃんはニコリと微笑《ほほえ》む。

「まったく違《ちが》うで。そこがおもしろいとこや。ま、どのモーター音《おん》も、私《わたし》ら音鉄《おとてつ》にとっては、心地《ここち》ええことに変《か》わりはないけどな」

そう言《い》って、みさきちゃんはさっそうと後《うし》ろの車両《しゃりょう》へ移《うつ》っていった。

9時《じ》4分《ぷん》。ホームに発車《はっしゃ》メロディが流《なが》れ、ドアが閉《し》まった。

105系《けい》は気動車《きどうしゃ》じゃなくて電車《でんしゃ》だけど、とってもスロースターター。

クォ〜ン……ギシギシ……クゥウン……ギシギシ……グゥウゥウゥウゥウン……。

後部車両床下《こうぶしゃりょうゆかした》から低《ひく》いモーター音《おん》が響《ひび》きはじめると、古《ふる》い車体《しゃたい》が震《ふる》えギシギシ鳴《な》った。

105系《けい》は、「走《はし》っている」ことを肌《はだ》で感《かん》じられる車両《しゃりょう》なんだ。

しばらくしてみさきちゃんが後部車両《こうぶしゃりょう》から戻《もど》ってくると、上田《うえだ》が立《た》ち上《あ》がった。

「さ〜てみなさま、本日《ほんじつ》は電車天国《でんしゃてんごく》へようこそ〜」

まるで、ダンサーかピエロのように、右手《みぎて》を大《おお》きく振《ふ》り上《あ》げ、うやうやしく頭《あたま》を下《さ》げた。

「なんやねん、上田《うえだ》。ちょっと不気味《ぶきみ》やぞ」

みさきちゃんはぶぅと口《くち》をとがらせる。

上田《うえだ》はニヤリと笑《わら》って、右手《みぎて》の人差《ひとさ》し指《ゆび》を上《うえ》に向《む》けた。

「ここで問題《もんだい》です！　この奈良行各駅停車《ならいきかくえきていしゃ》『438T《ティー》』に一体何時間乗《いったいなんじかんの》る予定《よてい》でしょうか？」

そういうことか……。

以前《いぜん》、和歌山線《わかやません》を奈良《なら》まで乗《の》った時《とき》のことを思《おも》い出《だ》し、僕《ぼく》はフッと笑《わら》った。

『奈良《なら》までの時間《じかん》〜？』

顔《かお》を見合《みあ》わせたみさきちゃんと萌《もえ》に、上田《うえだ》は三択《たく》を迫《せま》る。

「①約《やく》一時間《じかん》。②約《やく》二時間《じかん》。③約《やく》三時間《じかん》……さぁ〜どれ？」

「え〜っ？　神戸《こうべ》から京都《きょうと》までは、だいたい一時間《じかん》くらいやん」

萌《もえ》は頬《ほお》にトントンと右手《みぎて》の人差《ひとさ》し指《ゆび》を当《あ》ててつぶやく。

「三時間《じかん》ってことはないわなぁ」

「みさきちゃん。三時間《じかん》あったら京都《きょうと》から東京《とうきょう》まで行《い》けてまうやん」

「せやせや、そのとおりやっ！」

目《め》を合《あ》わせた二人《ふたり》は『せーの』とタイミングを合《あ》わせてから、

『②の約《やく》二時間《じかん》！』

と、大《おお》きな声《こえ》で叫《さけ》んだ。

上田《うえだ》は二人《ふたり》にグイッと顔《かお》を近《ちか》づける。

「ファイナルアンサー？」

二人《ふたり》はゴクリとつばを飲《の》み、寄《よ》り添《そ》って声《こえ》を合《あ》わせる。

『ファイナルアンサー!!』

バックにドラムロールが聞《き》こえてきそうな感《かん》じ。

二人《ふたり》がパチリと瞬《まばた》きをした瞬間《しゅんかん》、

「ブウウウウウウウウウウウウウウウウ!」


と、上田《うえだ》は言《い》い放《はな》った。

「えっ!?」「二時間《じかん》ちゃうの〜!?」

驚《おどろ》く二人《ふたり》に上田《うえだ》は胸《むね》を張《は》る。

「なんとっ! 奈良《なら》まで三時間《じかん》の電車天国《でんしゃてんごく》なんや〜!!」

上田《うえだ》と僕《ぼく》とみさきちゃんが「わあっ」と盛《も》り上《あ》がったのに対《たい》し、萌《もえ》はすっと笑《え》みを消《け》し、

「マジか!?」とぼそっとつぶやいた。

「萌《もえ》ちゃん、心配《しんぱい》せんと大丈夫《だいじょうぶ》や。二両編成《りょうへんせい》やけど、トイレもバッチリ完備《かんび》やで」

後部《こうぶ》を指差《ゆびさ》す上田《うえだ》の頭《あたま》に、萌《もえ》は素早《すばや》くチョップ。

「そっ、そんな心配《しんぱい》してへんちゅうねん！　そうやなくて、三時間《じかん》も電車乗《でんしゃの》りっ放《ぱな》しって……なんのバツゲームやねん……」

僕《ぼく》は萌《もえ》をなだめるように言《い》う。

「そうじゃなくて、三時間《じかん》も電車《でんしゃ》の中《なか》を、ゆっくり楽《たの》しめるってことだよ。な、上田《うえだ》」

「せや、奈良到着《ならとうちゃく》は12時頃《じごろ》やからな」

萌《もえ》は「はぁ」と小《ちい》さなため息《いき》をついた。

和歌山線《わかやません》は単線《たんせん》で田《た》んぼの間《あいだ》をぬうように走《はし》る。

停車《ていしゃ》する駅《えき》は無人駅《むじんえき》が多《おお》かった。

ワンマン運転《うんてん》だから、駅員《えきいん》さんのいない駅《えき》では一番前《いちばんまえ》の扉《とびら》だけが開《ひら》く。そして、運転手《うんてんしゅ》さんが、下車《げしゃ》するお客《きゃく》さんのきっぷをチェックしていくんだ。

だから、ワンマン運転《うんてん》の運転手《うんてんしゅ》さんは大忙《おおいそが》しなんだよ。

田井ノ瀬《たいのせ》、千旦《せんだ》、布施屋《ほしや》、紀伊小倉《きいおぐら》、船戸《ふなと》といった駅《えき》までは、和歌山《わかやま》のベッドタウンになっているらしく、下車《げしゃ》する人《ひと》も多《おお》い。

どの駅《えき》でも下車《げしゃ》する人《ひと》はいても、乗《の》りこんでくる人《ひと》は少《すく》なかった。

船戸《ふなと》を出《で》た瞬間《しゅんかん》、電車《でんしゃ》は左《ひだり》へ大《おお》きくカーブし、古《ふる》い鉄橋《てっきょう》をガコンガコンと大《おお》きな音《おと》をたてて渡《わた》りはじめた。

いくつもの鉄骨《てっこつ》が×形《バツがた》に組《く》まれた、古《ふる》くて美《うつく》しいトラス橋《きょう》だ。

「うわぁ～すご～っ。大《おお》きな川《かわ》やな～!!」

みさきちゃんが窓《まど》ガラスにピタンと額《ひたい》をつける。

「これは紀《き》ノ川《かわ》や」

みさきちゃんと同《おな》じようにガラスに顔《かお》をつけながら、上田《うえだ》が言《い》った。上田《うえだ》は周辺情報《しゅうへんじょうほう》もちゃんと調《しら》べてきたんだね。

岩出《いわで》を過《す》ぎると、お客《きゃく》さんが車内《しゃない》にほとんどいなくなり、大《おお》きなリュックを網棚《あみだな》にのせた中年《ちゅうねん》の登山客《とざんきゃく》か、僕《ぼく》らみたいな鉄道《てつどう》ファンだけになった。

線路《せんろ》の右側《みぎがわ》には壁《かべ》のように和歌山《わかやま》の山《やま》がそびえ、遠《とお》くの山々《やまやま》に白《しろ》い雪《ゆき》が積《つ》もっているのが見《み》える。

これまでは線路《せんろ》が比較的《ひかくてき》にまっすぐで、土手《どて》の上《うえ》を走《はし》っていることが多《おお》かったが、名手《なて》を越《こ》えると右《みぎ》に左《ひだり》にカーブするようになり、車窓《しゃそう》から見《み》える民家《みんか》も少《すく》なくなった。

三時間《じかん》も電車《でんしゃ》に乗《の》っていたら暇《ひま》じゃない？　退屈《たいくつ》しない？

普通《ふつう》の人《ひと》はそう思《おも》うかもしれないけれど、鉄道《てつどう》ファンに退屈《たいくつ》という言葉《ことば》はない。

電車《でんしゃ》の中《なか》でもけっこう忙《いそが》しいんだ。

この電車《でんしゃ》は各駅停車《かくえきていしゃ》。三分《ぷん》から五分《ふん》に一度《ど》は駅《えき》に停車《ていしゃ》する。

次《つぎ》にいつ、この駅《えき》に来《こ》られるかわからない。だから、僕《ぼく》らは下車《げしゃ》できなくても、しっかり目《め》に焼《や》き付《つ》けておこうと目《め》を凝《こ》らして、駅《えき》の様子《ようす》を見《み》つめる。カメラで撮《と》ることもある。

電車《でんしゃ》が動《うご》いている時《とき》も、車窓《しゃそう》からの景色《けしき》をわくわくしながら真剣《しんけん》に見《み》ている。電車《でんしゃ》がどんなところを走《はし》っているか、自分《じぶん》の目《め》で確《たし》かめられるって、すごいことだから。

将来《しょうらい》、電車《でんしゃ》の運転手《うんてんしゅ》になるのが夢《ゆめ》の僕《ぼく》は、運転手《うんてんしゅ》さんの動《うご》きも観察《かんさつ》する。カーブの時《とき》に、こんなふうにスピードを落《お》とすんだなとか、遠《とお》くまで安全確認《あんぜんかくにん》をして運転《うんてん》するんだなとか。

運転手《うんてんしゅ》さんのひとつひとつの動《うご》きを見《み》ているとあっという間《ま》に時間《じかん》が過《す》ぎてしまう。

というわけで、のんびりする時間《じかん》なんてあまりないんだ。

和歌山線《わかやません》の駅《えき》はどこも、単線《たんせん》をはさむようにホームが設置《せっち》されている「相対式《そうたいしき》ホーム」で、小《ちい》さな待合室《まちあいしつ》しかない駅舎《えきしゃ》の無人駅《むじんえき》ばかりが続《つづ》く。

そんな中《なか》、10時《じ》7分《ふん》に到着《とうちゃく》した橋本《はしもと》は、駅長《えきちょう》さんもいる少《すこ》し大《おお》きな駅《えき》だった。

橋本《はしもと》は南海電鉄高野線《なんかいでんてつこうやせん》とつながっていて、高野山《こうやさん》へ向《む》かう『特急《とっきゅう》こうや』が停車《ていしゃ》する駅《えき》だからだ。

電車《でんしゃ》はさらに進《すす》み、下兵庫《しもひょうご》、隅田《すだ》、大和二見《やまとふたみ》、そして五条《ごじょう》には10時《じ》22分《ふん》に停車《ていしゃ》した。

八分間停車《はっぷんかんていしゃ》と聞《き》いた上田《うえだ》は、

「そろそろ駅弁《えきべん》食《た》べようか」

と、言《い》いだした。

「ちょっと早《はや》くない？」

「せやけど、お昼《ひる》の12時頃《じごろ》やと奈良《なら》に着《つ》いてまうからなぁ」

「そうかぁ～。じゃあ今《いま》のうちのほうがいいね」

都会《とかい》の駅《えき》では考《かんが》えられないけど、ここでは電車《でんしゃ》が八分間《はっぷんかん》も停《と》まっている。

この時間《じかん》を利用《りよう》して車両《しゃりょう》からホームに降《お》りる乗客《じょうきゃく》も多《おお》い。外《そと》に出《で》てグイグイと体操《たいそう》して体《からだ》をストレッチしている人《ひと》もいる。

ロングシートタイプでも通勤車両《つうきんしゃりょう》とは違《ちが》い、お客《きゃく》さんの少《すく》ないローカル線《せん》の車両《しゃりょう》だからかな。お弁当《べんとう》を広《ひろ》げても大丈夫《だいじょうぶ》な雰囲気《ふんいき》。

みさきちゃんは和歌山《わかやま》で買《か》ったお寿司《すし》を、上田《うえだ》は大阪《おおさか》で買《か》った駅弁《えきべん》の残《のこ》り二《ふた》つを網棚《あみだな》から下《お》ろした。

「さぁ〜て。ほな駅弁《えきべん》を見《み》てみようかぁ〜!!」

上田《うえだ》が司会《しかい》のように大《おお》きな声《こえ》で言《い》う。

「今回《こんかい》はみんな一《ひと》つずつ選《えら》んで開《あ》けていこか〜。最初《さいしょ》はみさきやっ！」

「わかったわ。トップバッター行《い》くでぇ〜!!　私《わたし》は大好《だいす》きな、これや！」

大好《だいす》き……って。

みさきちゃんは『小鯛雀寿司《こだいすずめずし》』のフタをパカッと開《ひら》く。

中《なか》には小《ちい》さな鯛《たい》の白身《しろみ》を一匹分丸《いっぴきぶんまる》ごと使《つか》った握《にぎ》り寿司《ずし》が六個《ろっこ》入《はい》っていた。

とっても美味《おい》しそうだけど、当然《とうぜん》ながら、栗《くり》ごはんは入《はい》っていない。

「栗《くり》ごはんって言《ゆ》うとる時《とき》に……『小鯛雀寿司《こだいすずめずし》』を選《えら》ぶのはないやろ？」

みさきちゃんは白《しろ》い鯛《たい》ののった寿司《すし》をパクリと口《くち》に入《い》れた。

「このお寿司《すし》めっちゃうまいんよ。私《わたし》の大好物《だいこうぶつ》なんや」

「初《はじ》めっから栗《くり》ごはんやないってわかるやろ！　自分《じぶん》の好《す》きな駅弁《えきべん》頼《たの》んでどうすんねん」

上田《うえだ》は額《ひたい》にパシンと突《つ》っこむと、みさきちゃんは「いたっ」と額《ひたい》をこする。

「でもなあ、聞《き》いてや。ある意味《いみ》、これは私《わたし》の思《おも》い出《で》の駅弁《えきべん》なんや。おとんが和歌山《わかやま》の仕《し》事《ごと》の帰《かえ》りに買《か》ってきてくれて、めっちゃ美味《おい》しかってん」

「ちゃうわ。自分《じぶん》の思《おも》い出《で》の駅弁《えきべん》、食《た》べてどうするんや」

上田《うえだ》は再《ふたた》び突《つ》っこむが、みさきちゃんはどこ吹《ふ》く風《かぜ》で、萌《もえ》の顔《かお》を見《み》る。

「じゃあ、次《つぎ》は萌《もえ》ちゃん！　どの駅弁《えきべん》を選《えら》ぶ？」

「うちはこれやと思《おも》うわ」

萌《もえ》は上田《うえだ》が大阪駅《おおさかえき》で多《おお》めに買《か》った駅弁《えきべん》を選《えら》んでフタをとる。

駅弁《えきべん》『花暦《はなごよみ》』はとても上品《じょうひん》な雰囲気《ふんいき》。

田の字形《じがた》に仕切《しき》られたお弁当箱《べんとうばこ》には、お赤飯《せきはん》、ちらし寿司《ずし》、野菜《やさい》の煮物《にもの》、焼《や》き魚《ざかな》が入《い》れられている。赤飯《せきはん》のピンク、ちらし寿司《ずし》の黄《き》、野菜《やさい》の緑《みどり》……色合《いろあ》いもとてもきれいだ。

「へぇ～かわいい駅弁《えきべん》やなぁ～」

上田《うえだ》に言《い》われた萌《もえ》は、えっへんと胸《むね》を張《は》る。

「うちの見る目《め》は間違《まちが》ってなかった。つまりこれもある意味《いみ》、正解《せいかい》ってこっちゃ」

「そういうことじゃないよ！」

胸《むね》を張《は》った萌《もえ》の額《ひたい》には、僕《ぼく》がパシンと突《つ》っこんでおいた。

「なにすんねんなぁ〜ゆうくん」

「それでは、雄太《ゆうた》はどの駅弁《えきべん》を選《えら》ぶ〜〜〜？」

こうなったら選《えら》ぶものは一《ひと》つしかない。

僕《ぼく》は大阪駅《おおさかえき》で買《か》ったもう一《ひと》つの駅弁《えきべん》『なにわ御膳《ごぜん》』を選《えら》んだ。

「栗《くり》ごはん入《はい》っていないかなぁ〜」

フタを開《ひら》くと、みんながいっせいに駅弁《えきべん》をのぞきこむ。

『うっ……うん!?』

鶏《とり》の旨煮《うまに》、卵焼《たまごや》き、串《くし》カツ、焼《や》きジャケ、煮物《にもの》、焼肉《やきにく》……それに関西駅弁《かんさいえきべん》の定番《ていばん》タコ焼《や》きと焼《や》きそばがギッシリ詰《つ》まっていた。

このお弁当《べんとう》一《ひと》つで関西《かんさい》の美味《おい》しいものが一気《いっき》に食《た》べられちゃう感《かん》じ。

ごはんも二種類《しゅるい》あって、一《ひと》つは山菜煮《さんさいに》がのった炊《た》き込《こ》みごはん。そしてもう一《ひと》つのごはんは……。

「上《うえ》に栗《くり》がのっかっている！　もしかしたら」

萌《もえ》が声《こえ》をあげた。

「う〜ん残念《ざんねん》。これも赤飯《せきはん》の上《うえ》に栗《くり》がのっているだけや。栗《くり》ごはんちゃうな〜」

上田《うえだ》が残念《ざんねん》そうに言《い》う。

最後《さいご》に残《のこ》った『柿《かき》の葉《は》寿司《ずし》』を上田《うえだ》が取《と》った。これは絶対《ぜったい》に栗《くり》ごはんじゃない。

柿《かき》の葉《は》寿司《ずし》は、僕《ぼく》のおじいちゃんが住《す》んでいる奈良《なら》の名物《めいぶつ》でもある。柿《かき》の葉《は》に包《つつ》まれたシャケやサバの押《お》し寿司《ずし》で、とっても美味《おい》しいんだ。

栗《くり》ごはんがなかったのは残念《ざんねん》だったけど、どれも美味《おい》しそう。

『いただきま――す!!』

うまっ！

「雄太君《ゆうたくん》、お寿司《すし》食《た》べる？　味見《あじみ》してみぃひん？」

みさきちゃんが言《い》った。

「え、いいの？」

「もちろん、はい、どうぞ」

小鯛雀寿司《こだいすずめずし》を箸《はし》で持《も》ったみさきちゃんが左《ひだり》手《て》を下《した》に添《そ》えて僕《ぼく》の口元《くちもと》に差《さ》し出《だ》した。

えっ!?　みさきちゃんが僕《ぼく》に食《た》べさせる!?

そっ、それはさすがに……。

萌《もえ》がクワッと目《め》をむいた。

「な、なにしてんのや!?」

「みっ、みさきちゃん……あのさぁ～」

僕《ぼく》がそう言《い》いかけた瞬間《しゅんかん》、みさきちゃんは僕《ぼく》の口《くち》に寿司《すし》をポンと入《い》れた。萌《もえ》の目《め》がぎらっと光《ひか》る。

こわっ！

「フゴッ……今《いま》のは……フゴフゴ……僕《ぼく》は……そんなつもりじゃなくて……」

口《くち》の中《なか》にはお寿司《すし》がいっぱいでうまくしゃべれない。

一瞬《いっしゅん》上田《うえだ》が気《き》になったけど、上田《うえだ》は何事《なにごと》もなかったように次《つぎ》から次《つぎ》へと柿《かき》の葉《は》をむいて、押《お》し寿司《ずし》をドドドッと戦車《せんしゃ》のように食《た》べまくっている。

すごいなぁ……上田《うえだ》。

7時半《じはん》に駅弁《えきべん》を一人前半《いちにんまえはん》食《た》べて、この食欲《しょくよく》。

「どうしたんや？　萌《もえ》ちゃん。お腹《なか》の調子《ちょうし》でも悪《わる》いんか？」

上田《うえだ》ははっとしたように萌《もえ》を見《み》た。萌《もえ》は箸《はし》も持《も》たずにお弁当《べんとう》を見《み》つめている。

「いやいや、ちゃうやろ!?　おかしいのは上田《うえだ》のほうやろ!?」

「なにがや？」

「なんで、そんなに食《く》えんねん!?」

「**そんなん……駅弁《えきべん》が超《ちょう》うまいからに決《き》まってるやんか**」

上田《うえだ》はニカッと幸《しあわ》せそうに笑《わら》う。萌《もえ》の目《め》が点《てん》になった。

「俺《おれ》はうまいもんやったら、なんぼでも食《た》べられるねん」

そこで、上田《うえだ》はまったく箸《はし》のつけられていない萌《もえ》の『花暦《はなごよみ》』を見《み》た。

「お腹《なか》いっぱいやったら、俺《おれ》が食《た》べたろか？」

萌《もえ》は少《すこ》しモジモジしながら、上田《うえだ》の駅弁《えきべん》をのぞきこむ。

「そりぁ〜助《たす》かるけどぉ。上田《うえだ》かて『柿《かき》の葉寿司《はずし》』が……って、もう全部食《ぜんぶた》べてもうた!?」

なんと、箱《はこ》の中《なか》に七つ並《なら》んでいた押《お》し寿司《ずし》が、もう七枚《まい》の柿《かき》の葉《は》っぱに変《か》わっていた。

「たっ、たぬきにバカされたあと!?」

「ちゃうちゃう。うまかったから全部俺《ぜんぶおれ》が食《た》べたんや！」

上田《うえだ》はニヒッと笑《わら》って食《た》べ終《お》えた寿司《すし》のフタを閉《し》めた。

「そっ、そやったら、うちのも食《た》べてくれる〜？」

「そんなん朝飯前《あさめしまえ》や！　任《まか》せとけ萌《もえ》ちゃん」

上田《うえだ》は萌《もえ》から『花暦《はなごよみ》』をガシッと力強《ちからづよ》く受《う》け取《と》る。

「うわぁ〜今日《きょう》の上田《うえだ》は、なんかカッコよう見《み》えてきたわぁ。私《わたし》、熱《ねつ》あんのかなぁ〜？」

そうつぶやいたみさきちゃんの肩《かた》に、上田《うえだ》はしっかり突《つ》っこみを入《い》れる。

「俺《おれ》はいつでもかっこええちゅうねん」

そして、なぜかすまなそうな顔《かお》で上田《うえだ》は僕《ぼく》とみさきちゃんを見《み》た。

「二人《ふたり》も食《た》べたいよなぁ、この駅弁《えきべん》。独《ひと》り占《じ》めはしにくいなぁ。しゃあない。ここはじゃんけんでっ！」

なっ、なに⁉　僕《ぼく》らはこれ以上《いじょう》、無理《むり》！

こぶしを握《にぎ》り、じゃんけんを始《はじ》めようとした上田《うえだ》に、僕《ぼく》らは首《くび》をブルブルと左右《さゆう》に振《ふ》る。

「いっ、いいよ。上田《うえだ》が食《た》べて……ねっ、みさきちゃん」

「さっ、上田《うえだ》、どうぞどうぞっ」

僕《ぼく》とみさきちゃんは、速攻《そっこう》で右手《みぎて》を前《まえ》に伸《の》ばす。

上田《うえだ》が白《しろ》い歯《は》を見《み》せた。

「そうかぁ～。俺《おれ》一人《ひとり》だけ二《ふた》つも、すまんなぁ。でも、そこまで言《い》われたら断《ことわ》るわけにはいかん。ほな、遠慮《えんりょ》なく」

左手《ひだりて》に『花暦《はなごよみ》』をガッツリ抱《かか》えた上田《うえだ》は、右手《みぎて》に箸《はし》を構《かま》えるとドガガガッと勢《いきお》いよく口《くち》へごはんをかきこみはじめた。

「フッ、フードファイター？」

あまりの食《た》べっぷりに、僕《ぼく》もちょっと感動《かんどう》しちゃいそうだった。

同時《どうじ》に、僕《ぼく》は少《すこ》し不安《ふあん》になった。栗《くり》ごはんっていう手《て》がかりだけで、おばあちゃんの思《おも》い出《で》の弁当《べんとう》を探《さが》せるだろうかって。

予定《よてい》の道《みち》のりを半分《はんぶん》くらい回《まわ》ったのに、駅弁《えきべん》の数《かず》は少《すく》ないし、思《おも》い出《で》の駅弁《えきべん》に関《かん》する情《じょう》報《ほう》も入《はい》ってこない。

「みさきちゃん。思《おも》い出《で》の駅弁《えきべん》に関《かん》して、栗《くり》ごはん以外《いがい》のヒントは他《ほか》にないのかな？」

小《ちい》さな鯛《たい》がのった握《にぎ》り寿司《ずし》を口《くち》へ入《い》れたみさきちゃんが「あっ」と小《ちい》さな声《こえ》をあげた。

「せや！　今朝《けさ》ごはんを食《た》べている時《とき》に『思《おも》い出《で》の駅弁探《えきべんさが》しだして、大阪駅《おおさかえき》に届《とど》けたるからな』って言《ゆ》うたら、おばあちゃん、『その駅弁《えきべん》を買《か》ったのは夕方《ゆうがた》で、ホームに蒸気機関《じょうききかん》車《しゃ》が入《はい》ってきた時《とき》やったんやよ』って言《い》うてたわ～」

上田《うえだ》と僕《ぼく》の箸《はし》が止《と》まった。

「なに!?」

「蒸気機関車《じょうききかんしゃ》だって!?」

「そうそう、シュシュシュって走《はし》ってきたんやって」

「だったらすぐに駅弁《えきべん》を買《か》った駅《えき》がわかるんじゃないか？」

僕《ぼく》がそう言《い》ったのは、蒸気機関車《じょうききかんしゃ》が走《はし》る路線《ろせん》なんて、そんなに多《おお》くはないからだ。

上田《うえだ》は腕《うで》を組《く》み、おもむろに口《くち》を開《ひら》く。

「関西《かんさい》で蒸気機関車《じょうききかんしゃ》って言《ゆ》うたら『SL北《エスエルきた》びわこ号《ごう》』くらいやろうな……」

『えっ!?　本当《ほんとう》に!?』

僕《ぼく》らは声《こえ》を合《あ》わせて聞《き》き返《かえ》す。

「じゃあ、そのSL北《エスエルきた》びわこ号《ごう》が走《はし》る区間《くかん》に、思《おも》い出《で》の駅弁《えきべん》はあるってことじゃない!?」

僕《ぼく》のテンションは一気《いっき》に上《あ》がったが、上田《うえだ》は浮《う》かない顔《かお》をしている。

「このSL北《エスエルきた》びわこ号《ごう》は、米原《まいばら》から木《き》ノ本《もと》まで運行《うんこう》してるんやけど、期間限定《きかんげんてい》の観光列車《かんこうれっしゃ》なんや。走《はし》るのは、二月《がつ》、五月《がつ》の春《はる》とか、十月《がつ》、十一月《がつ》の秋《あき》の日曜日《にちようび》や祝日《しゅくじつ》が中心《ちゅうしん》でな」

「だったら！　思《おも》い出《で》の駅弁《えきべん》は米原《まいばら》から木《き》ノ本《もと》までのどこかの駅《えき》やないの!?」

クワッと目《め》を大《おお》きく開《ひら》いてみさきちゃんは勢《いきお》いこむが、相変《あいか》わらず上田《うえだ》の反応《はんのう》はイマイチ鈍《にぶ》い。

「おばあちゃんの思《おも》い出《で》が、頭《あたま》の中《なか》でゴッチャになってもうたんかいな〜？」

「どういうことや？」

上田《うえだ》は路線図《ろせんず》を広《ひろ》げて蒸気機関車《じょうききかんしゃ》の走《はし》っている、琵琶湖《びわこ》の東側《ひがしがわ》の区間《くかん》を指《ゆび》で差《さ》す。

「SL《エスエル》北《きた》びわこ号《ごう》が米原《まいばら》を発車《はっしゃ》すんのは、10時《じ》9分《ふん》と13時《じ》16分《ぷん》。それぞれの列車《れっしゃ》は10時《じ》52分《ふん》と14時《じ》00分《ふん》に木《き》ノ本《もと》に到着《とうちゃく》するんや。つまり夕方《ゆうがた》に走《はし》ることはない」

SL《エスエル》の手《て》がかりが消《き》えたと、僕《ぼく》はガクッときた。

「おばあちゃんが言《い》っていた『駅弁《えきべん》を買《か》ったのは夕方《ゆうがた》で、その時《とき》、ホームに蒸気機関車《じょうききかんしゃ》が……』っていうシーンはありえないってことだね」

「なんせ二十年前《ねんまえ》のことやからなぁ〜。おばあちゃん、記憶違《きおくちが》いをしてんのかも……」

申《もう》し訳《わけ》なさそうに肩《かた》をすくめたみさきちゃんをなぐさめるように上田《うえだ》は言《い》う。

「まだあきらめるのは早《はや》いんとちゃうか？　もしかしたら、過去《かこ》にイベントで数日間《すうじつかん》だけ、蒸気機関車《じょうききかんしゃ》が走《はし》った路線《ろせん》があるかもしれへんし、なにか秘密《ひみつ》があるのかもしれん。これから寄《よ》る駅《えき》で駅員《えきいん》さんに聞《き》いてみようや」

みさきちゃんは「せやね」とうなずいた。

そうこうしているうちに、電車《でんしゃ》は高田《たかだ》に11時《じ》3分《ぷん》に到着《とうちゃく》する。

高田《たかだ》は奈良県《ならけん》にある少《すこ》し大《おお》きめの駅《えき》。

電車《でんしゃ》が停《と》まると、荷物《にもつ》を携《たずさ》えた運転手《うんてんしゅ》さんが後部車両《こうぶしゃりょう》に向《む》かってホームを歩《ある》いていくのが見《み》えた。

「おっ……これは!?」

思《おも》わず声《こえ》を出《だ》すと、みさきちゃんも同《おな》じことに気《き》がついたらしい。

「もしかして、高田《たかだ》でスイッチバックするんかなぁ!?」

「きっと、そうだよっ！」

僕《ぼく》らの予想《よそう》は当《あ》たりだった。運転手《うんてんしゅ》さんは後《うし》ろの車両《しゃりょう》の運転台《うんてんだい》に吸《す》い込《こ》まれるように入《はい》っていき、荷物《にもつ》を下《お》ろし、出発《しゅっぱつ》に向《む》けて準備《じゅんび》を始《はじ》めた。

それから運転席《うんてんせき》の椅子《いす》にガシャンと腰《こし》をおろした。

「王寺《おうじ》から関西本線《かんさいほんせん》に入《はい》ると思《おも》ってたけど、この電車《でんしゃ》、桜井線《さくらいせん》を走《はし》るんやなぁ〜」

みさきちゃんは路線図《ろせんず》を見《み》ながらつぶやく。

高田《たかだ》から終点《しゅうてん》の奈良《なら》までは関西本線《かんさいほんせん》が一番近《いちばんちか》いけど、この電車《でんしゃ》は少《すこ》し右《みぎ》から大回《おおまわ》りする桜井線《さくらいせん》を走《はし》るようだった。

「だから、三時間《じかん》もかかるんだね」

電車《でんしゃ》に乗《の》っているのは楽《たの》しいけど、一方《いっぽう》でどうしてこんなに時間《じかん》がかかるんだろうと不《ふ》思議《しぎ》に思《おも》っていたのだ。なるほどと、胸《むね》のつかえがとれたような気《き》がした。

「ここに駅弁《えきべん》売《う》ってへんかなぁ～」

上田《うえだ》が扉《とびら》から顔《かお》を出《だ》してホームを見《み》たけど、高田《たかだ》には売店《ばいてん》どころか自販機《じはんき》もない。

「駅弁《えきべん》を売《う》っている駅《えき》って、少《すく》なくなってきているんだね～」

「情緒《じょうちょ》があらへんなぁ。最近《さいきん》は構内《こうない》にもコンビニが増《ふ》えてきたし」

二人《ふたり》でため息《いき》をついていると、萌《もえ》から「ア

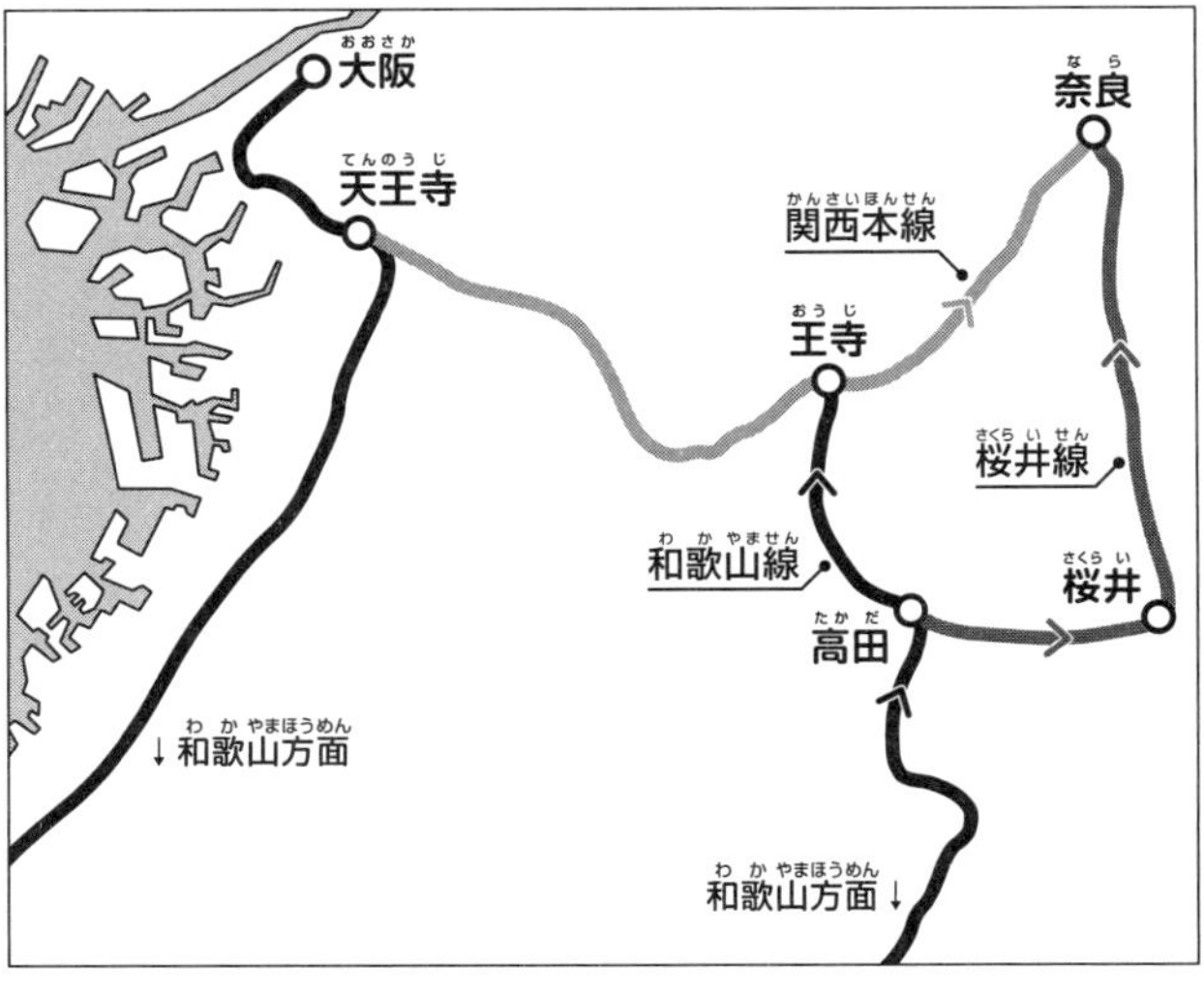

ホか」と突《つ》っこまれる。

「コンビニのほうが便利《べんり》でええやん！」

『えぇ～!?』

僕《ぼく》と上田《うえだ》はそろって声《こえ》をあげた。

11時《じ》9分《ふん》、ファァアンと警笛《けいてき》を鳴《な》らした奈良行普通列車《ならいきふつうれっしゃ》は高田《たかだ》を出発《しゅっぱつ》する。

今《いま》までは山《やま》の脇《わき》を走《はし》っていたが、奈良県《ならけん》へ入《はい》ってからは雰囲気《ふんいき》が少《すこ》し変《か》わった。

沿線《えんせん》には田《た》んぼが広《ひろ》がっている。その中《なか》に、緑豊《みどりゆた》かな小山《こやま》がポツポツ見《み》える。

お寺《てら》の屋根《やね》や巨大《きょだい》な鳥居《とりい》、古墳《こふん》らしい小高《こだか》い山《やま》も見《み》えた。

無人駅《むじんえき》に着《つ》いてガラリと扉《とびら》が開《ひら》くたび、外《そと》の冷《つめ》たい空気《くうき》が車内《しゃない》に入《はい》ってくる。

みさきちゃんが「くちゅ！」とくしゃみした。

「なんか寒《さむ》ない？」

「奈良《なら》は冷《ひ》えこむんだよね～。奈良《なら》のおじいちゃんの家《いえ》に冬《ふゆ》、泊《と》まる時《とき》は、分厚《ぶあつ》い掛《か》け布《ぶ》団二段重《とんにだんがさ》ねだもん。大阪《おおさか》とか和歌山《わかやま》に比《くら》べて、気温《きおん》が一、二度《ど》低《ひく》いんじゃない？」

つられたように上田《うえだ》も「ヘクション！」とくしゃみしてブルッと体《からだ》を震《ふる》わせる。

「寒《さむ》いのは、なんもないからやっ！」

出《で》た！　関西《かんさい》の人《ひと》がよく言《い》うセリフ。

「なんもない？」

僕《ぼく》が聞《き》き返《かえ》すと、上田《うえだ》は田《た》んぼの見《み》えている車窓《しゃそう》を指差《ゆびさ》した。

「工場《こうじょう》とか少《すく》ないから、空気《くうき》が暖《あたた》かくならへんのや、きっと」

奈良《なら》には、煙《けむり》をモクモク出《だ》すような大《おお》きな工場《こうじょう》は少《すく》ない。

でも奈良《なら》にしかないものがたくさんある。

世界遺産《せかいいさん》になるようなお寺《てら》や神社《じんじゃ》、鹿《しか》が遊《あそ》ぶ公園《こうえん》……どこにも古《ふる》い町並《まちな》みが残《のこ》っていて、まるで古都《こと》のテーマパークのよう。

奈良《なら》には父《とう》さんのほうのおじいちゃんが住《す》んでいて、僕《ぼく》は何度《なんど》か、大晦日《おおみそか》からお正月《しょうがつ》にかけて泊《と》まったことがある。

横浜《よこはま》の家《いえ》にいると大晦日《おおみそか》の除夜《じょや》の鐘《かね》は聞《き》こえない。でも奈良《なら》は違《ちが》っていた。たくさんのお寺《てら》から鐘《かね》の音《おと》が聞《き》こえ、町《まち》を包《つつ》むんだ。

これから新《あたら》しい年《とし》が始《はじ》まるんだとすごく厳《おごそ》かな気持《きも》ちになれて、とってもすてきだった。

奈良《なら》行各駅停車《いきかくえきていしゃ》が走《はし》る桜井線《さくらいせん》には、難《むずか》しい名前《なまえ》の駅《えき》が多《おお》い。

「あれ、なんて読《よ》むんや？」

ある駅《えき》で、萌《もえ》が外《そと》の駅名看板《えきめいかんばん》を指差《ゆびさ》した。「畝傍」と書《か》いてある。

こんな字《じ》、小学校《しょうがっこう》で習《なら》ったこともない。

「確《たし》か……うねび……そんなんちゃうかったっけ？」

そう言《い》いながら、上田《うえだ》は漢字《かんじ》の下《した》に小《ちい》さく書《か》かれたひらがなをチェックする。

「おお、当《あ》たりやん」

上田《うえだ》の鼻《はな》がひくひくいっている。

奈良《なら》へ向《む》かって進《すす》むと香久山、巻向、櫟本、帯解なんて駅名《えきめい》が続《つづ》く。

ちなみにこれらの駅《えき》は、かぐやま、まきむく、いちのもと、おびとけと読《よ》むんだよ。

超《ちょう》〜難《むずか》しい〜!!

そして、最《もっと》も難解《なんかい》な駅名《えきめい》は奈良《なら》の一《ひと》つ手前《てまえ》にあった！

「きょうしゅう〜？」

看板《かんばん》に「京終」と書《か》かれた駅名《えきめい》を見《み》た僕《ぼく》は、首《くび》をひねった。

「いやいや、ゆうくん。きっと『きょうおわり』やろ」と萌《もえ》。

「えっ!? 『けいしゅう』ちゃうん?」とみさきちゃん。

「まさかぁ〜これは『けいお』やん」と上田《うえだ》が言《い》った。

みんなで小《ちい》さく書《か》かれたひらがなをチェックして、全員《ぜんいん》のけぞった。

『きょうばて〜!?』

どう考《かんが》えても思《おも》いつかない読《よ》み方《かた》だった。

「まぁ『京《きょう》』の読《よ》みはええとして、なんで『終《おわり》』が『ばて』なんや!?」

萌《もえ》はむっとした声《こえ》をだす。納得《なっとく》がいかなかった僕《ぼく》は、ケータイで調《しら》べてみた。

「諸説《しょせつ》あるらしいけど……ここは奈良時代《ならじだい》の都《みやこ》……つまり『平城京《へいじょうきょう》』の終《お》わる辺《あた》りだったみたい。つまり『きょう』の『はて』だったから『きょうばて』って地名《ちめい》になったみたいだよ」

みさきちゃんは目《め》を丸《まる》くする。

「えっ!? この地名《ちめい》ってそんな古《ふる》くから使《つか》われていたものなん!?」

僕《ぼく》は京終《きょうばて》のことが書《か》かれているウェブサイトをスクロールさせて、うなずく。

「諸説《しょせつ》あるんだけど、少《すく》なくとも鎌倉時代《かまくらじだい》にはこの名称《めいしょう》が使《つか》われていたみたい」

「さすが奈良《なら》やな〜。歴史《れきし》の町《まち》やわ〜」

みさきちゃんは感心《かんしん》しながらつぶやいた。

和歌山《わかやま》からカタンコトンと走《はし》ってきた青緑色《あおみどりいろ》の105系《けい》は、和歌山線《わかやません》から桜井線《さくらいせん》と約《やく》三時間《じかん》を走《はし》り抜《ぬ》き、奈良《なら》に11時《じ》59分《ふん》、無事《ぶじ》に到着《とうちゃく》した。

4 復活《ふっかつ》した駅弁《えきべん》!?

列車《れっしゃ》が停《と》まったのは奈良駅《ならえき》1番線《ばんせん》。高架《こうか》になっている。

『あっ、あぁぁぁぁぁぁぁぁぁぁぁぁ！』

ホームに降《お》り立《た》った僕《ぼく》らは、いっせいに両手《りょうて》を上《うえ》へ伸《の》ばして思《おも》いきり背伸《せの》びする。

電車《でんしゃ》に乗《の》っているのは楽《たの》しいけど、ずっと座《すわ》っていたら体《からだ》が固《かた》まっちゃうよね。

「ついに三《みっ》つ目《め》の県《けん》やな〜」

みさきちゃんが言《い》うと、萌《もえ》がぐったりしながらつぶやく。

「結局遠《けっきょくとお》くまで来《き》てしまったなぁ……」

「さ〜て奈良《なら》にはどんな駅弁《えきべん》があるかなぁ〜」

上田《うえだ》がホーム中央付近《ちゅうおうふきん》にあったエスカレーターに乗《の》ってコンコースへ下《お》りていく。

「びっくりするわ!?　もう次《つぎ》の駅弁《えきべん》食《た》べる気《き》なんか!?」

みさきちゃんは目《め》を丸《まる》くしながら後《うし》ろに続《つづ》く。

上田《うえだ》は正午《しょうご》を示《しめ》している駅《えき》の時計《とけい》を指差《ゆびさ》した。

「あたりまえやろ。もうお昼《ひる》やで？」

「お昼《ひる》て……さっき、駅弁《えきべん》食《た》べてたやろ！　二個《こ》もな！」

みさきちゃんに言《い》われた上田《うえだ》は「う〜ん」と少《すこ》し考《かんが》えてから、パチンと指《ゆび》を鳴《な》らす。

「あれは朝食《ちょうしょく》と昼食《ちゅうしょく》の間《あいだ》にあるブランチやな」

「ブッ、ブランチて!?」

「せや、昼食《ちゅうしょく》と夕食《ゆうしょく》の間《あいだ》には三時《じ》のおやつがあるやろ？　あれと同《おな》じや」

エスカレーターからポンと飛《と》び降《お》りた上田《うえだ》は、白《しろ》い歯《は》を見《み》せてニヤリと笑《わら》った。

みさきちゃんは、あきれたように首《くび》を振《ふ》り、パチパチパチと拍手《はくしゅ》をしはじめた。

「上田《うえだ》……ほんまに今日《きょう》だけは尊敬《そんけい》するわ。誰《だれ》でも一《ひと》つくらい、得意《とくい》なものがあるんやなあ」

「まあ、そんなこともあるけどなぁ〜アッハハ〜」

その瞬間《しゅんかん》、萌《もえ》が上田《うえだ》をパシンとはたいた。

「単《たん》に食《く》い意地《いじ》が張《は》ってるだけやん！」

上田《うえだ》は「あたぁ――!!」と声《こえ》をあげて前《まえ》へつんのめった。

「『大食《おおぐ》いも芸《げい》のうち』だよ」

僕《ぼく》はニコリと笑《わら》った。

奈良駅構内《ならえきこうない》の柱《はしら》は、お寺《てら》みたいな木《き》で囲《かこ》われている。改札口《かいさつぐち》から先《さき》に広《ひろ》がる天井《てんじょう》には木材《もくざい》の木枠《きわく》がはめられていて、まるで高級旅館《こうきゅうりょかん》みたい。

奈良駅《ならえき》にはスーツケースや大《おお》きなリュックを背負《せお》ったたくさんの外国人観光客《がいこくじんかんこうきゃく》がいた。様々《さまざま》な国《くに》の言葉《ことば》があたりまえのように飛《と》び交《か》っている。

構内《こうない》を見渡《みわた》していた上田《うえだ》の表情《ひょうじょう》が曇《くも》った。

「こんなに広《ひろ》くてきれいやのに、売店《ばいてん》もなんもないやんけ!?」

「あそこに便利《べんり》なコンビニがあるやん」

萌《もえ》の指《ゆび》をたどっていくと、白《しろ》い看板《かんばん》に青《あお》と緑《みどり》のラインの入《はい》ったコンビニが改札口《かいさつぐち》の外《そと》に見《み》えた。僕《ぼく》と上田《うえだ》はたちまちテンションダウンだ。

「コンビニには駅弁売《えきべんう》ってないしなぁ～」

「とりあえず駅員《えきいん》さんに、ＳＬ《エスエル》のこととか聞《き》いてくるよ」

僕《ぼく》はタタッと改札口《かいさつぐち》に駆《か》け寄《よ》った。

「すみません～。奈良駅《ならえき》に駅弁《えきべん》は売《う》っていないんですか？」

「あ～十年《じゅうねん》くらい前《まえ》に駅舎《えきしゃ》を新《あたら》しくした時《とき》に、駅構内《えきこうない》の売店《ばいてん》はなくしてしまったんだよ～」

駅員《えきいん》さんがやさしく答《こた》えてくれる。

「もう一《ひと》つお聞《き》きしたいんですけど、二十年前《ねんまえ》くらいに、奈良《なら》で蒸気機関車《じょうききかんしゃ》が走《はし》っていましたか？」

「いや～そんなことはなかったと思《おも》います」

僕《ぼく》は「ありがとうございました」と頭《あたま》を下《さ》げて、みんなのところへ戻《もど》った。

僕《ぼく》らは駅《えき》の待合室《まちあいしつ》に場所《ばしょ》を移《うつ》し、相談《そうだん》することにする。待合室《まちあいしつ》には五人《にん》くらいのお客《きゃく》さんがいた。シートに座《すわ》った瞬間《しゅんかん》、みさきちゃんから「はぁ」と小《ちい》さなため息《いき》がもれでた。

「簡単《かんたん》には見《み》つからへんなぁ～」

上田《うえだ》はみさきちゃんを励《はげ》まそうとするように、背中《せなか》をぽんとたたく。

「きっと、見《み》つかるって、おばあちゃんの思《おも》い出《で》の駅弁《えきべん》。心配《しんぱい》いらんて、みさき！」

「せやな、上田《うえだ》は頼《たよ》りにならんけど、雄太君《ゆうたくん》や萌《もえ》ちゃんがおるからな」

「俺《おれ》は頼《たよ》りになるちゅうねん！」

みさきちゃんはフッと笑《わら》った。

上田《うえだ》のおかげで、みさきちゃんが元気《げんき》を取《と》り戻《もど》したみたい。

「しかし困《こま》ったなぁ。俺《おれ》はまだまだ食《く》えるのになぁ〜。駅弁売《えきべんう》ってないことにはなぁ」

ドカリと椅子《いす》に座《すわ》った上田《うえだ》は、両手《りょうて》を首《くび》の後《うし》ろに組《く》む。

「駅弁《えきべん》がないんじゃ、どうしようもないよね」

「せやっ、俺《おれ》がどんなに天才《てんさい》でも無理《むり》や」

「こんな大《おお》きな駅《えき》でも駅弁《えきべん》が売《う》ってないなんてなぁ〜」

僕《ぼく》の前《まえ》の席《せき》に腰《こし》を下《お》ろしながら、萌《もえ》がつぶやく。その時《とき》、上田《うえだ》がはっと顔《かお》をあげた。

「雄太《ゆうた》！　売店《ばいてん》がなくなったのは『駅《えき》が新《あたら》しくなってから』って言《ゆ》うてなかったか!?」

「駅員《えきいん》さんはそう言《い》っていたよ」

「ってことは！　昔《むかし》は駅構内《えきこうない》に売店《ばいてん》があって、駅弁《えきべん》を売《う》っていたってことやないか!?」

「あ！　そうかもしれない！」

その時《とき》、すぐ横《よこ》に座《すわ》っていたおばさんがフッとこっちを向《む》いた。

「あんたら駅弁《えきべん》を探《さが》しとるんか？」

でたっ！　関西必殺《かんさいひっさつ》！　突然会話《とつぜんかいわ》に入《はい》ってくる人《ひと》！

関西《かんさい》で「困《こま》ったなぁ」なんて言《い》っていると、突然《とつぜん》まったく知《し》らない人《ひと》が「どないしたん？」なんて話《はな》しかけてくることが実《じつ》はよくある。

おばさんはここら辺《へん》のスーパーに買《か》い物《もの》に来《き》たらしく、横《よこ》の椅子《いす》にはネギの飛《と》び出《で》た白《しろ》いビニール袋《ぶくろ》が置《お》いてあった。

「おばちゃん。栗《くり》ごはんが入《はい》っている駅弁《えきべん》、知《し》らんか？」

上田《うえだ》は昔《むかし》からの知《し》り合《あ》いであるかのように、気楽《きらく》におばさんに返事《へんじ》する。

「奈良駅《ならえき》でも昔《むかし》は『松花弁当《しょうかべんとう》』とか『五目《ごもく》ちらし寿司《ずし》』とか売《う》りよったけど、栗《くり》ごはんなんて見《み》たことないわ〜。奈良《なら》は栗《くり》、別《べつ》に名物《めいぶつ》ちゃうし」

「そうかぁ〜。ほな、昔《むかし》でもそんな駅弁《えきべん》は、売《う》ってへんかったってことやな……」

僕《ぼく》らが「う〜ん」と考《かんが》えこむと、おばさんが「せやっ」と手《て》をたたく。

「確《たし》か……柘植《つげ》で『昔《むかし》の伝説《でんせつ》の駅弁《えきべん》を復活《ふっかつ》させた』ってニュースを聞《き》いたわ。栗《くり》ごはんかどうかはわからんけど」

僕《ぼく》らは前《まえ》のめりに上半身《じょうはんしん》をいっせいに出《だ》す。

『柘植《つげ》!?　伝説《でんせつ》の駅弁《えきべん》の復活《ふっかつ》!?』

「柘植《つげ》は関西本線《かんさいほんせん》や」

上田《うえだ》が急《いそ》いで路線図《ろせんず》を広《ひろ》げる。大都市近郊《だいとしきんこう》区間《くかん》に柘植《つげ》はギリギリ入《はい》っていた。

僕《ぼく》らは目《め》を合《あ》わせてうなずきあう。

「よしっ！　すぐに柘植《つげ》に向《む》かおう！」

みんながいっせいに立《た》ち上《あ》がった。

『ありがとうございます！』

全員《ぜんいん》そろってペコリと頭《あたま》を下《さ》げると、おばさんは「そんなんええのに。気《き》を付《つ》けていっ

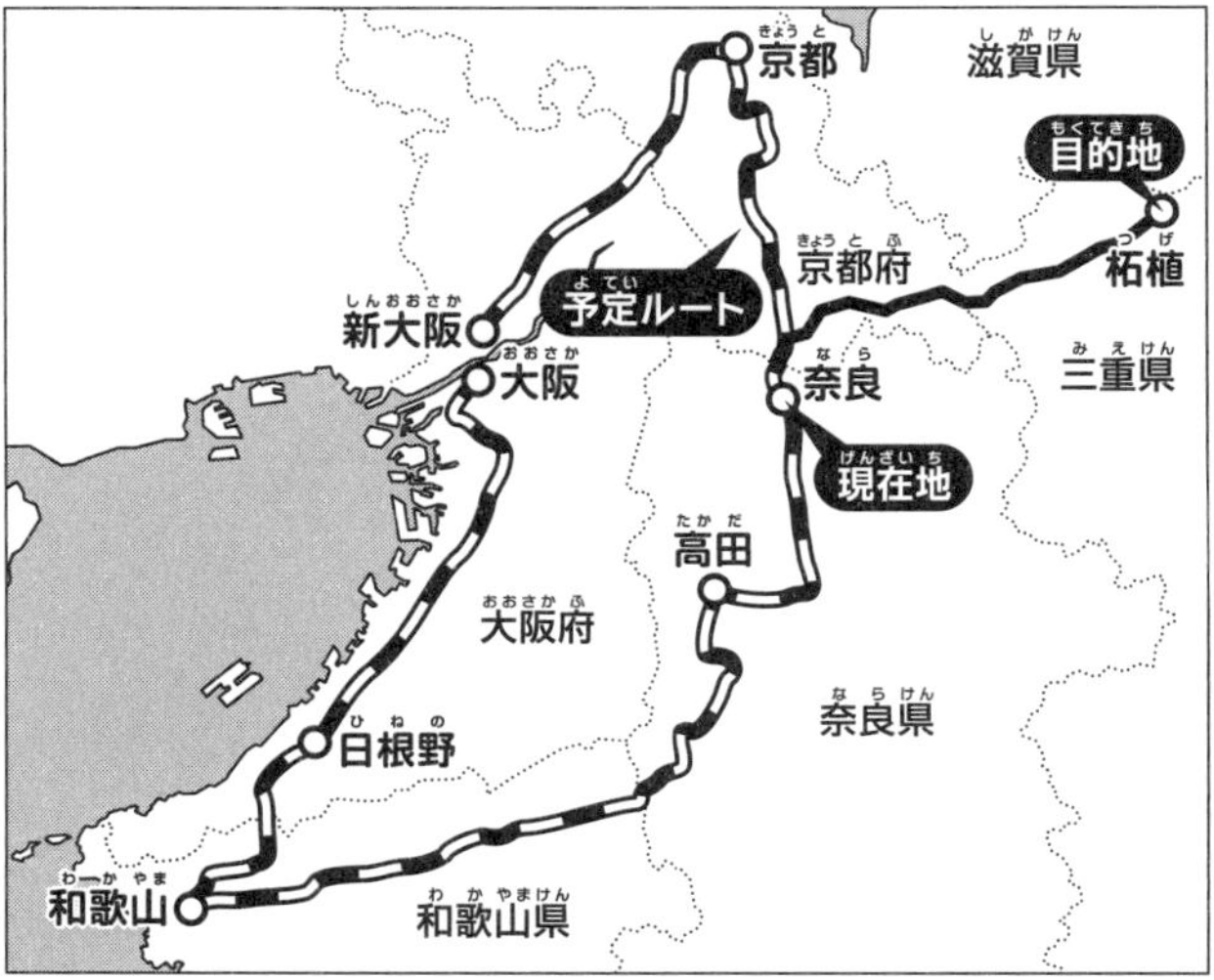

てきてな」とやさしく言《い》ってくれた。

待合室《まちあいしつ》を出《で》て、上田《うえだ》は列車案内板《れっしゃあんないばん》を見上《みあ》げる。

「柘植《つげ》に行《い》くんやったら、関西本線《かんさいほんせん》で加茂《かも》まで行《い》かな」

「関西本線《かんさいほんせん》は5番線《ばんせん》だよ！」

次《つぎ》に加茂《かも》へ向《む》かう電車《でんしゃ》は、関西本線《かんさいほんせん》の大和路快速《やまとじかいそく》だった。

僕《ぼく》らは5番線《ばんせん》へと向《む》かうエスカレーターに飛《と》びこむ。

ホームにたどり着《つ》いたとたんに、大阪方面《おおさかほうめん》から八両編成《りょうへんせい》の電車《でんしゃ》がやってきた。

「大和路快速《やまとじかいそく》は221系《けい》だね」

221系《けい》はピュアホワイトの車体《しゃたい》にブラウンとブルーの細《ほそ》いラインが入《はい》っていた。

正面《しょうめん》には運転手《うんてんしゅ》さんが見《み》やすそうな大《おお》きな窓《まど》があって、その下《した》に長方形《ちょうほうけい》の白《しろ》いヘッドライトが二《ふた》つキラリと輝《かがや》いている。

電車《でんしゃ》の扉《とびら》が開《ひら》くと、人《ひと》が大勢《おおぜい》、降《お》りてきた。入《い》れ替《か》わるように僕《ぼく》らは車内《しゃない》へ乗《の》りこむ。

真《ま》ん中《なか》に通路《つうろ》をはさんで左右《さゆう》に二人用転換《ふたりようてんかん》クロスシートが並《なら》んでいた。大阪《おおさか》から和歌山《わかやま》まで乗《の》った223系《けい》とよく似《に》ている。

四人席《よにんせき》になっていたシートにポンと体《からだ》を投《な》げるようにして座《すわ》った萌《もえ》の顔《かお》が幸《しあわ》せそうにゆるむ。

「あぁ～やっぱり転換《てんかん》クロスシートはええなぁ」

鉄道初心者《てつどうしょしんしゃ》の萌《もえ》には、三時間《じかん》のロングシートは少《すこ》しつらかったのかも。

でも、萌《もえ》がそんなことを言《い》ってくれるだけで、僕《ぼく》はちょっとうれしい。

「萌《もえ》が転換《てんかん》クロスシートなんて言葉《ことば》を覚《おぼ》えてくれているなんてね」

僕《ぼく》がニコリと笑《わら》うと、萌《もえ》は急《きゅう》にブゥと口《くち》をとがらせる。

「べっ、別《べつ》に鉄道《てつどう》が好《す》きになったわけじゃ、ないんやからねっ！」

「わかったよぉ～」

僕《ぼく》は萌《もえ》の隣《となり》に、上田《うえだ》は僕《ぼく》の前《まえ》に座《すわ》った。

「萌《もえ》ちゃんがせっかく喜《よろこ》んでくれた転換《てんかん》クロスシートやけど、残念《ざんねん》ながらこの電車《でんしゃ》にはあまり長《なが》く乗《の》られへんねんなぁ～。駅数《えきすう》は三《みっ》つ、時間《じかん》にして十五分《ふん》ってとこやから……」

「え～っ!?　そうなん？」

萌《もえ》のがっかりした顔《かお》がおもしろくて、つい笑《わら》ったら「なに、笑《わら》っててんねん」と突《つ》っこまれた。

列車《れっしゃ》は平城山《ならやま》、木津《きづ》と停車《ていしゃ》し、加茂《かも》に12時《じ》34分《ぷん》に到着《とうちゃく》。

大和路快速《やまとじかいそく》は、ここ加茂《かも》が終点《しゅうてん》なんだ。

「次《つぎ》は何線《なにせん》に乗《の》るんだっけ？」

電車《でんしゃ》から出《で》てホームに降《お》り立《た》ったみさきちゃんが僕《ぼく》に聞《き》く。

「関西本線《かんさいほんせん》だよ」

それを聞《き》いた萌《もえ》が「はぁ!?」と大《おお》きな声《こえ》をだした。

「今《いま》まで乗《の》ってた大和路快速《やまとじかいそく》も『関西本線《かんさいほんせん》』って言《ゆ》うてなかったか？」

僕《ぼく》は右《みぎ》の人差《ひとさ》し指《ゆび》をあげた。

「おっ、するどい！　萌《もえ》」

「なんで、同《おな》じ路線《ろせん》やのに電車乗《でんしゃの》り換《か》えなあかんねん。せっかく、転換《てんかん》クロスシートの車両《しゃりょう》に機嫌《きげん》よう乗《の》ってたのに……」

萌《もえ》は口《くち》をとがらせてブツブツ言《い》う。上田《うえだ》がにんまりと笑《わら》って口《くち》を開《ひら》く。

「同《おな》じ関西本線《かんさいほんせん》やねんけど……。JR難波《ジェイアールなんば》から王寺《おうじ》を通《とお》って奈良《なら》、加茂《かも》までと、加茂《かも》から亀山《かめやま》までは、まったく違《ちが》う路線《ろせん》なんや」

「まったく違《ちが》う路線《ろせん》？」

その時《とき》、柘植《つげ》方面《ほうめん》から正面《しょうめん》は青紫《あおむらさき》、側面《そくめん》は銀色《ぎんいろ》の二両編成《りょうへんせい》の列車《れっしゃ》が近《ちか》づいてきた。

ウワンウワンウワンウワンウワンウワンウワン……。

その音《おと》を聞《き》いた瞬間《しゅんかん》、みさきちゃんは「やったっ！」と喜《よろこ》びの声《こえ》をあげ、対照的《たいしょうてき》に萌《もえ》は「げえっ」と肩《かた》を落《お》とした。

『ディーゼル車《しゃ》!?』

二人《ふたり》の声《こえ》がピタリと重《かさ》なる。

「そうなんだ。関西本線《かんさいほんせん》は加茂《かも》までは電化《でんか》されているから電車《でんしゃ》が走《はし》れるけど、加茂《かも》から亀《かめ》山《やま》までは非電化《ひでんか》だから、ディーゼル車《しゃ》のキハ

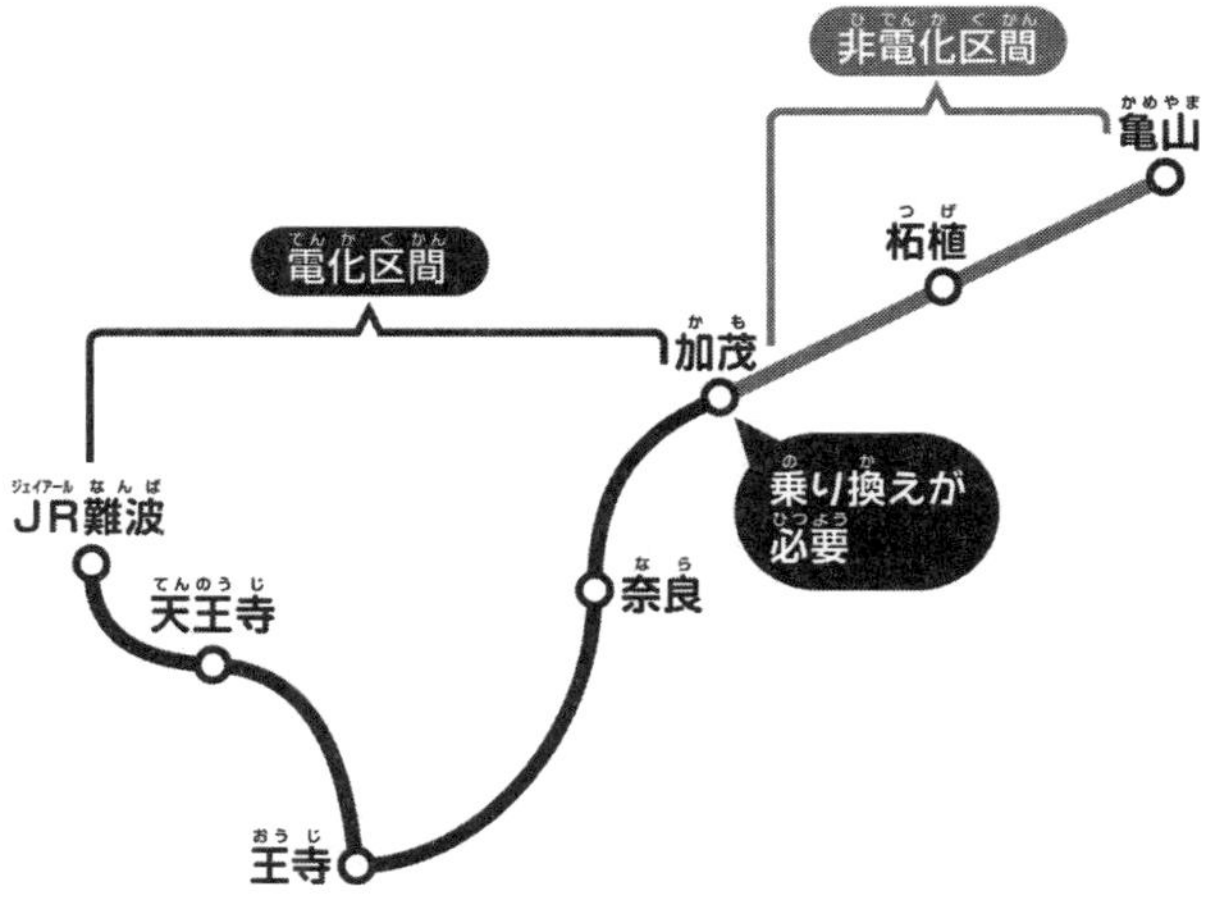

120形《がた》になるんだよ！」

僕《ぼく》は友《とも》だちを紹介《しょうかい》するように、ディーゼル車《しゃ》に向《む》かって右手《みぎて》をあげる。

「そうなんや〜。ディーゼル車《しゃ》は久《ひさ》しぶりやわぁ〜」

みさきちゃんはIC《アイシー》レコーダーを取《と》り出《だ》し、耳《みみ》にヘッドホンをつけてキハ120形《がた》のエンジン音《おん》が一番《いちばん》よく聞《き》こえる車体中央《しゃたいちゅうおう》辺《あた》りへ歩《ある》いていく。

その姿《すがた》はまさに宝《たから》を探《さが》すトレジャーハンターだ。

「みさき〜12時《じ》42分発《ふんはつ》やぞ〜!!」

口《くち》の横《よこ》に両手《りょうて》を当《あ》てて上田《うえだ》が大声《おおごえ》で叫《さけ》ぶと、みさきちゃんは右手《みぎて》をあげて「わかってる」と答《こた》えた。

一方《いっぽう》、萌《もえ》はガックリと肩《かた》を落《お》としていた。

「また二両編成《りょうへんせい》になってもうた上《うえ》に、今度《こんど》はディーゼル車《しゃ》って……」

萌《もえ》を元気《げんき》づけるように、僕《ぼく》はその背中《せなか》をぽんぽんとたたく。

「まぁまぁ、関西《かんさい》でも非電化区間《ひでんかくかん》は減《へ》ってきているから、ディーゼル車《しゃ》に乗《の》れるのって、すっごく貴重《きちょう》なんだよ」

「そら〜貴重《きちょう》やろうけどなぁ〜」

少《すこ》し頬《ほお》をふくらませたままの萌《もえ》と一緒《いっしょ》に、僕《ぼく》は先頭車《せんとうしゃ》に乗《の》りこむ。

キハ120形《がた》は列車《れっしゃ》というより、まるでバスみたい。

扉《とびら》も横開《よこびら》きではなく、お風呂《ふろ》の扉《とびら》みたいに真《ま》ん中《なか》から縦《たて》にパカッと二《ふた》つ折《お》りになるタイプだし、運転台《うんてんだい》の後《うし》ろには運賃表《うんちんひょう》と運賃箱《うんちんばこ》があるんだ。

壁《かべ》に沿《そ》ってシートが左右《さゆう》に並《なら》んでいる。乗車口《じょうしゃぐち》は車体《しゃたい》の前後《ぜんご》にしかないから、すっごく長《なが》いロングシートだ。

ローカル線《せん》のディーゼル車《しゃ》はクロスシートがいいなぁと思《おも》っていたのでちょっと残念《ざんねん》。

だって、ローカル線《せん》は車窓《しゃそう》の景色《けしき》がきれいなことが多《おお》いから。

窓《まど》に背《せ》を向《む》けるロングシートじゃ、振《ふ》り返《かえ》らないと見《み》られないんだもん。

柘植行《つげいき》の列車《れっしゃ》はあまり混《こ》んでおらず、ロングシートが半分埋《はんぶんう》まるくらいのお客《きゃく》さんだった。

しばらくすると、キハ120形《がた》のエンジン音《おん》を録《と》り終《お》えたみさきちゃんが、上田《うえだ》と一緒《いっしょ》に乗《の》りこんできて、僕《ぼく》らの横《よこ》に座《すわ》った。

「やっぱりええわぁ～ディーゼルの音《おと》は～」

みさきちゃんはうっとりと言《い》う。

「せやなぁ。ディーゼル音《おん》って心臓《しんぞう》みたいで、列車《れっしゃ》が生《い》きもんみたいな感《かん》じがしてなぁ～」

盛《も》り上《あ》がっている上田《うえだ》とみさきちゃんを、珍《めずら》しいものを見《み》るような目《め》で見《み》た萌《もえ》は、口《くち》をとがらせる。

「ようわからんわぁ～。ただうるさいだけの感《かん》じがするんやけど」

「そのうち、わかるよ萌《もえ》にも」

萌《もえ》は僕《ぼく》に「はいはい」と右手《みぎて》を上下《じょうげ》に振《ふ》ってみせた。

「それで、柘植《つげ》は何駅先《なんえきさき》なん？」

窓《まど》の上《うえ》に貼《は》られていた路線図《ろせんず》を見《み》ながら、上田《うえだ》が指折《ゆびお》り数《かぞ》える。

「一、二、三、四、五、六、七、八……八個目《はっこめ》やな」

「なんや、そんなもんなんや。だったら、ええわ～がまんできる」

萌《もえ》はフフッと余裕《よゆう》を取《と》り戻《もど》して笑《わら》った。

《まもなく亀山行《かめやまいき》が発車《はっしゃ》します。ドア付近《ふきん》のお客様《きゃくさま》、ドアにご注意《ちゅうい》ください》

女《おんな》の人《ひと》のコンピュータボイスで案内《あんない》が流《なが》れると、乗車口《じょうしゃぐち》の二枚扉《まいとびら》がガシャと閉《し》まる。

ＩＣ《アイシー》レコーダーを高《たか》くかかげ、その音《おと》もしっかり録音《ろくおん》したみさきちゃんは、うれしそうにうなずいて、僕《ぼく》を見《み》た。

「発車《はっしゃ》メロディとか鳴《な》らへんなぁ」

「ローカル線《せん》の駅《えき》だと、鳴《な》らないことあるよね」

12時《じ》42分《ふん》に加茂《かも》を出《で》た亀山《かめやま》行各駅停車《いきかくえきていしゃ》は、ギュンギュン飛《と》ばしはじめる。

ズドドドドドド……。

まるで大型《おおがた》ダンプかバスのようなエンジン音《おん》が、車内《しゃない》に響《ひび》き渡《わた》る。

線路《せんろ》沿《ぞ》いから家《いえ》が消《き》えたかと思《おも》ったら、車窓《しゃそう》から見《み》えるのは田畑《たはた》ばかりになった。

キハ１２０形《がた》は土手《どて》の上《うえ》に作《つく》られた線路《せんろ》の上《うえ》を右《みぎ》に左《ひだり》にカーブしながら疾走《しっそう》する。

やがて、右側《みぎがわ》には山《やま》が迫《せま》り、左《ひだり》には川幅《かわはば》のかなり広《ひろ》い木津川《きづがわ》が並走《へいそう》しはじめる。

まだ、加茂《かも》から一駅《ひとえき》も過《す》ぎていないのに、山《やま》の中《なか》を走《はし》る登山鉄道《とざんてつどう》のようだった。

夏《なつ》なら窓《まど》を開《あ》けて走《はし》ればとても気持《きも》ちよさそうな路線《ろせん》。

加茂《かも》を出《で》てすぐに《次《つぎ》は笠置《かさぎ》です》と放送《ほうそう》されたが、電車《でんしゃ》が停《と》まる気配《けはい》はまったくない。

カタンカタンカタンカタン……カタンカタンカタンカタン……。

車内《しゃない》は小刻《こきざ》みな走行音《そうこうおん》に包《つつ》まれている。

最初《さいしょ》にしびれを切《き》らしたのは、もちろん萌《もえ》だった。

「次《つぎ》の駅《えき》はいつになったら着《つ》くんや！」

キタ――――って感《かん》じ。

「関西本線《かんさいほんせん》の加茂《かも》から先《さき》って、一駅一駅《ひとえきひとえき》が長《なが》いんだよねぇ～」

僕《ぼく》がそう言《い》うと、萌《もえ》は「マジか!?」と自分《じぶん》の額《ひたい》をぴたんとたたいた。

次《つぎ》の笠置《かさぎ》に着《つ》いたのは12時《じ》50分《ぷん》。なんと、一駅《ひとえき》に八分《はっぷん》もかかっている。

都会《とかい》でも特急《とっきゅう》や急行《きゅうこう》、快速《かいそく》のように、各駅停車《かくえきていしゃ》ではない列車《れっしゃ》が八分以上《はっぷんいじょう》走《はし》ることはあるけど、僕《ぼく》らの乗《の》っているのは各駅停車《かくえきていしゃ》だからね。

「はっ、八分《はっぷん》って……どんだけ停《と》まらへんねん」

萌《もえ》は関西本線《かんさいほんせん》にまで突《つ》っこんだ。

笠置《かさぎ》は無人駅《むじんえき》なんだけど、十両編成《じゅうりょうへんせい》くらいの列車《れっしゃ》が停《と》まれそうなほどホームが長《なが》い。

「なんでこんなにホームが長《なが》いんやろ？」

みさきちゃんがつぶやく。

「今《いま》はキハ120形《がた》二両編成《りょうへんせい》くらいしか走《はし》ってへんけどな。昔《むかし》は大阪《おおさか》と名古屋《なごや》を結《むす》ぶ重要《じゅうよう》な路線《ろせん》やったから、長《なが》い編成《へんせい》の列車《れっしゃ》が走《はし》っとったらしいわ」

誰《だれ》も下車《げしゃ》しないホームを見《み》つめながら上田《うえだ》は言《い》った。

「へぇ〜そんな時代《じだい》もあったんやなぁ〜こんな駅《えき》にも……」

こうしたローカル線《せん》の無人駅《むじんえき》も歴史《れきし》を知《し》ると、ロマンを感《かん》じることができる。

「親父《おやじ》の若《わか》い頃《ころ》には『かすが』とか『大和《やまと》』とかいう名前《なまえ》の急行《きゅうこう》が、関西本線《かんさいほんせん》をビュンビュン走《はし》っていたらしいわ〜」

「うわぁ〜そうなんや。列車名《れっしゃめい》もなんかレトロな感《かん》じがするなぁ」

みさきちゃんは楽《たの》しそうに言《い》ったあとで、首《くび》をひねった。

「でもなんで急行《きゅうこう》がビュンビュン走《はし》っていたのが、こんなふうになってしまったんや」

「関西本線《かんさいほんせん》にトドメを刺《さ》したのは、新幹線《しんかんせん》なんや！」

「新幹線《しんかんせん》にお客《きゃく》さんをとられたん？」

上田《うえだ》はコクリとうなずく。

「急行《きゅうこう》『かすが』は名古屋《なごや》から奈良《なら》まで二時間近《じかんちか》くかかっていたのに、新幹線《しんかんせん》が開業《かいぎょう》すると名古屋《なごや》から新大阪《しんおおさか》まで一時間半《じかんはん》になってもうたからなぁ～」

「それじゃ、勝負《しょうぶ》にならへんな。やっぱり新幹線《しんかんせん》って、すごかってんなぁ」

「きっと、今《いま》やと超電導《ちょうでんどう》リニアみたいな感《かん》じやろな」

「だね。超電導《ちょうでんどう》リニアができたら、今《いま》まで二時間半《じかんはん》かかった東京《とうきょう》～新大阪間《しんおおさかかん》が、たったの一時間《じかん》七分《ふん》になるっ！　信《しん》じられない速《はや》さだよね」

僕《ぼく》らは顔《かお》を見合《みあ》わせてうなずきあった。

加茂《かも》から先《さき》の関西本線《かんさいほんせん》は、基本的《きほんてき》に山《やま》の中《なか》を走《はし》っていく。

レールは木津川《きづがわ》の右側《みぎがわ》ギリギリのところに敷《し》かれていて、落石防止用《らくせきぼうしよう》のトンネルをいくつも通《とお》り抜《ぬ》けて、列車《れっしゃ》は走《はし》っていく。

途中《とちゅう》の伊賀上野《いがうえの》では、みさきちゃんの目《め》が右《みぎ》の窓《まど》にくぎ付《づ》けになった。

「あれなんやっ!?」

みんなが右側《みぎがわ》の窓《まど》にはりつくと、フクロウのような目《め》が正面《しょうめん》に描《えが》かれた車両《しゃりょう》が停《と》まっていた。車体《しゃたい》に桜《さくら》の木《き》やかわいい忍者《にんじゃ》のイラストがラッピングされている。

「あれは伊賀鉄道《いがてつどう》の車両《しゃりょう》やな」

私鉄《してつ》好《ず》きの上田《うえだ》がぐいと身《み》を乗《の》り出《だ》して答《こた》える。みさきちゃんはぽんと手《て》をたたいた。

「そっかぁ。ここは伊賀上野《いがうえの》やから……伊賀忍者《いがにんじゃ》ってことや」

「せやせや。伊賀鉄道《いがてつどう》の沿線周辺《えんせんしゅうへん》は、忍者《にんじゃ》が住《す》んでいたと言《い》われる伊賀《いが》の里《さと》やからな。ちなみに、他《ほか》の電車《でんしゃ》には床《ゆか》が石畳模様《いしだたみもよう》になっているもんや、カーテンが手裏剣柄《しゅりけんがら》やったり、忍者《にんじゃ》マネキンが網棚《あみだな》に隠《かく》れとったりする車両《しゃりょう》もあるんやて」

突然《とつぜん》、萌《もえ》が顔《かお》をあげた。

「うわぁ〜伊賀鉄道《いがてつどう》、おもろそうやなぁ〜」

萌《もえ》は忍者《にんじゃ》も好《す》きなの!?

「じゃあ、今度《こんど》は伊賀鉄道《いがてつどう》も乗《の》りにこようか？」

「うんうん！　ええね、ゆうくん。二人《ふたり》で来《こ》ようなぁ〜。和歌山電鐵《わかやまでんてつ》のいちご電車《でんしゃ》とたま駅長《えきちょう》も見《み》たいしぃ〜」

今回《こんかい》もみさきちゃんは、すかさず「私《わたし》も行《い》く!!」と手《て》をあげた。

大河原《おおかわら》、月ケ瀬口《つきがせぐち》、島ケ原《しまがはら》、伊賀上野《いがうえの》、佐那具《さなぐ》、新堂《しんどう》を通《とお》り過《す》ぎ、柘植《つげ》到着《とうちゃく》は13時《じ》38分《ぷん》だった。かかった時間《じかん》はほぼ一時間《じかん》！　そして関西四《かんさいよっ》つ目《め》の県《けん》、三重《みえ》だ。

僕《ぼく》らは、亀山方面《かめやまほうめん》へ去《さ》っていくキハ120形《がた》を見送《みおく》ってから駅舎《えきしゃ》へ向《む》かった。

ホームとホームの間《あいだ》にかかる木造《もくぞう》の跨線橋《こせんきょう》を上《のぼ》りだした瞬間《しゅんかん》、みさきちゃんが声《こえ》をあげる。

「あっ、忍者《にんじゃ》や！」

『にっ、忍者《にんじゃ》!?　どこ!?』

みんな、みさきちゃんが右手《みぎて》で指差《ゆびさ》した天井《てんじょう》を見上《みあ》げる。

なんと、天井《てんじょう》の白《しろ》い壁沿《かべぞ》いに真《ま》っ赤《か》な忍者服《にんじゃふく》を着《き》た忍者《にんじゃ》がいた！

まったく動《うご》かないマネキンだけどね。

「あそこにもいるよっ！」

跨線橋《こせんきょう》の天井《てんじょう》には黒《くろ》や青《あお》の服《ふく》を着《き》た忍者《にんじゃ》が潜《ひそ》んでいた。

「ちゃんと大《おお》きい手裏剣《しゅりけん》まで刺《さ》さっているんやなぁ〜」

上田《うえだ》が感心《かんしん》したように言《い》う。

そう。手裏剣《しゅりけん》が刺《さ》さっている壁《かべ》まであるんだ。すごいよね。

僕《ぼく》らは、忍者探《にんじゃさが》しをしながら駅舎《えきしゃ》へ向《む》かって歩《ある》いた。

柘植駅《つげえき》の駅舎《えきしゃ》はとってもレトロ。木造一階建《もくぞういっかいだ》ての駅舎《えきしゃ》は木《き》の壁《かべ》で、屋根《やね》はグレーの瓦《かわら》だ。まるで時間《じかん》が止《と》まっているみたいな雰囲気《ふんいき》がうれしい。

「わっ、自動改札機《じどうかいさつき》があらへん！」

駅舎《えきしゃ》で改札《かいさつ》をしていた若《わか》い駅員《えきいん》さんは、萌《もえ》の声《こえ》を聞《き》いて微笑《ほほえ》む。

改札口《かいさつぐち》には駅員《えきいん》さんがラッチという名前《なまえ》のステンレスの囲《かこ》いの中《なか》に立《た》ち、きっぷを回収《かいしゅう》している。こうしたローカル線《せん》では、交通系《こうつうけい》I《アイ》C《シー》カードは使《つか》えないんだ。

「どこで駅弁《えきべん》なんて売《う》ってるんや？」

みさきちゃんが改札口周辺《かいさつぐちしゅうへん》で背伸《せの》びしながらきょろきょろ辺《あた》りを見回《みまわ》している。

駅弁屋《えきべんや》も売店《ばいてん》もコンビニも見当《みあ》たらない。

上田《うえだ》は腕《うで》を組《く》んで、低《ひく》くうなった。

「なんや？　なんもないぞ。聞《き》き間違《まちが》えたか？」

「いや、あのおばちゃん、確《たし》かに『柘植《つげ》で伝説《でんせつ》の駅弁《えきべん》が復活《ふっかつ》した』って言《ゆ》うてたわ～」

萌《もえ》が頬《ほお》に手《て》を当《あ》てて言《い》った。

「もしかして、君《きみ》たち『復活《ふっかつ》した幕《まく》の内弁当《うちべんとう》』を探《さが》しているのかな？」

振《ふ》り向《む》くと後《うし》ろに若《わか》い駅員《えきいん》さんが立《た》っていた。

『そうなんです！』

「ちょっと待《ま》ってね」

駅員《えきいん》さんは待合室《まちあいしつ》に向《む》かって声《こえ》をかける。

「大村屋《おおむらや》さん〜。例《れい》の駅弁《えきべん》のお客《きゃく》さんが来《き》てますよ〜」

「おうっ」

円筒形《えんとうけい》の白《しろ》い帽子《ぼうし》を頭《あたま》にちょこんとのせたおじさんが待合室《まちあいしつ》から出《で》てきた。年齢《ねんれい》は父《とう》さんと同《おな》じくらい。歩《ある》くたびに、おじさんが履《は》いている草履《ぞうり》がカッカッと音《おと》をたてる。

僕《ぼく》は駅員《えきいん》さんに会釈《えしゃく》した。

「ありがとうございます。ついでにもう一《ひと》つ、教《おし》えてもらえますか。柘植《つげ》に蒸気機関車《じょうききかんしゃ》が走《はし》っていたことって、ありますか？」

駅員《えきいん》さんは微笑《ほほえ》みながら首《くび》を左右《さゆう》に振《ふ》る。

「関西本線《かんさいほんせん》ではディーゼルカーしか走《はし》っていませんね。この辺《あた》りで蒸気機関車《じょうききかんしゃ》というと、琵琶湖《びわこ》沿《ぞ》いの北陸本線《ほくりくほんせん》のＳＬ《エスエル》北《きた》びわこ号《ごう》ですね」

「やっぱり、そうですよねぇ……。ありがとうございました」

僕《ぼく》らは改札口《かいさつぐち》から外《そと》へ出《で》られないし、おじさんは駅構内《えきこうない》へ入《はい》れない。

改札口《かいさつぐち》ごしにおじさんと向《む》かい合《あ》った。

「おじさんが『伝説《でんせつ》の駅弁《えきべん》』を復活《ふっかつ》させたんか？」

上田《うえだ》は、身《み》を乗《の》りだすようにして聞《き》く。

おじさんはきょとんとした顔《かお》になる。

「えっ？　伝説《でんせつ》の駅弁《えきべん》？」

「ちゃうんか？」

「伝説《でんせつ》なんて大《おお》げさなもんじゃないよ。うちのは『昔《むかし》、柘植駅《つげえき》で売《う》っていた幕《まく》の内弁当《うちべんとう》』

ってだけだから」

おじさんは苦笑《にがわら》いして、プラスチックケースから駅弁《えきべん》を一《ひと》つ取《と》り出《だ》す。

石碑《せきひ》の描《えが》かれた包装紙《ほうそうし》を、おじさんはカサカサとはがして僕《ぼく》らに中身《なかみ》を見《み》せてくれた。

昔《むかし》ながらの薄《うす》い木《き》で作《つく》られた箱《はこ》の右半分《みぎはんぶん》には、俵形《たわらがた》のごはんが八個《はっこ》並《なら》んでいる。左半分《ひだりはんぶん》はおかずエリアで、すき焼《や》きのように甘辛《あまから》いタレで煮《に》こまれた牛肉《ぎゅうにく》やしいたけ、大《おお》きなエビフライがデ〜ンと入《はい》っていた。

誰《だれ》もが好《す》きなものがちゃんと入《はい》っている。シンプルで、ボリュームがあり、どこか懐《なつ》かしい感《かん》じのする駅弁《えきべん》。

新幹線《しんかんせん》がなかった頃《ころ》、名古屋《なごや》からディーゼル車《しゃ》に乗《の》って関西本線《かんさいほんせん》で大阪《おおさか》へ向《む》かう人《ひと》たちは、ここでこの駅弁《えきべん》を買《か》い、車内《しゃない》のボックス席《せき》に座《すわ》りながら食《た》べていたんだろうな。

この駅弁《えきべん》を目《め》にしただけで、僕《ぼく》は、時代《じだい》を超《こ》えて、そういう人《ひと》たちとつながっているような気持《きも》ちになった。

おじさんは、普段《ふだん》は駅前《えきまえ》で食堂《しょくどう》をやっているという。

「関西本線《かんさいほんせん》を急行列車《きゅうこうれっしゃ》が行《い》き来《き》していた頃《ころ》は、この柘植駅《つげえき》にもたくさんの人《ひと》が来《き》てくれていたらしいんだけど、今《いま》はほら……こんな感《かん》じだろ？」

「まぁ〜なんもない感《かん》じやなぁ」

「いらんこと言《い》いなっ！」

ぼやいた上田《うえだ》に、萌《もえ》が素早《すばや》く突《つ》っこんだ。

おじさんはあっははと気《き》さくに笑《わら》う。

「だから、関西本線《かんさいほんせん》に急行列車《きゅうこうれっしゃ》が走《はし》っていた頃《ころ》に人気《にんき》があった幕《まく》の内弁当《うちべんとう》を復活《ふっかつ》させて、少《すこ》しでも駅《えき》や町《まち》をにぎやかにできたらと思《おも》ってね」

「すごい！　かっこいいです。この駅弁《えきべん》。やっぱり伝説《でんせつ》の駅弁《えきべん》だと思《おも》います」

僕《ぼく》は思《おも》わず言《い》うと、おじさんの目《め》がうれしそうに光《ひか》る。

「うれしいよ。そう言《い》ってもらえると」

「うーん。でも、この伝説《でんせつ》の駅弁《えきべん》にも栗《くり》ごはんは入《はい》っていなかったかぁ～」

みさきちゃんが肩《かた》を落《お》とした。

「栗《くり》ごはん？」

「俺《おれ》らは栗《くり》ごはんの駅弁《えきべん》を探《さが》しているんや！」

おじさんの目《め》を見《み》つめ、上田《うえだ》が言《い》った。

「栗《くり》ごはんの入《はい》った駅弁《えきべん》ねぇ……。どこかにあったような～」

えっ、知《し》ってるの!?

『どこの駅《えき》のものですか!!』

おじさんは腕《うで》を組《く》み、しきりに首《くび》を左右《さゆう》にかしげている。

「すっ、すまん。どこの駅弁《えきべん》か、思《おも》い出《だ》せない～」

「わ、忘《わす》れてもうたんかいなぁ～」

上田《うえだ》がガックリうなだれた。

「でも名前《なまえ》は……そうだ。確《たし》か『ナントカのおはなし』というような変《か》わった名前《なまえ》で……」

「それは重要《じゅうよう》な手《て》がかりじゃない!?」

僕《ぼく》と上田《うえだ》はうなずきあった。

「……でも、だいぶ前《まえ》の話《はなし》だよ。どこの駅《えき》で買《か》ったか、忘《わす》れたくらいだから」

ちょっと自信《じしん》なさそうに、おじさんはつぶやく。

「どこの駅《えき》なんやろ。その『ナントカのおはなし』を売《う》っとんのは……」

ホームの時計《とけい》は、すでに13時《じ》50分《ぷん》を回《まわ》っていた。

電車《でんしゃ》に乗《の》って回《まわ》ってみれば、おばあちゃんの思《おも》い出《で》の駅弁《えきべん》が見《み》つかると思《おも》っていたけど、時《じ》間《かん》ばかりが経《た》っていく感《かん》じだ。

おばあちゃんは夕方《ゆうがた》の特急《とっきゅう》で福井《ふくい》に帰《かえ》ってしまう。僕《ぼく》らが引《ひ》き返《かえ》さなくてはならない時《じ》刻《こく》も迫《せま》りつつある。

「よしっ、先《さき》を急《いそ》ごう。おじさん、ありがとうな」

上田《うえだ》がおじさんにお礼《れい》を言《い》って別《わか》れようとすると、「ちょっと待《ま》って」と言《い》われた。

おじさんはさっき開《あ》けた駅弁《えきべん》にフタをして、掛《か》け紙《がみ》とひもをきれいにかけ直《なお》した。

「これ持《も》っていって。僕《ぼく》の駅弁《えきべん》を探《さが》しにきてくれたみんなへのお礼《れい》ってことで。僕《ぼく》からのプレゼントだよ」

「えっ!?　ほんまかっ!?」

上田《うえだ》が、がしっと駅弁《えきべん》を受《う》け取《と》った。

パシッ！　パシッ！

その瞬間《しゅんかん》、みさきちゃんと萌《もえ》の両側《りょうがわ》から後頭部《こうとうぶ》にチョップを入《い》れられた。

「やらしいなっ！」

「ほんまに、行儀悪《ぎょうぎわる》くてすんません」

萌《もえ》とみさきちゃんは、おじさんに頭《あたま》を下《さ》げた。おじさんは首《くび》を横《よこ》に振《ふ》る。

「そんなふうに思《おも》ったりしないよ。受《う》け取《と》ってくれてうれしいんだから」

「ありがたく……ありがたく……ちゃんといただきます」

上田《うえだ》が深々《ふかぶか》と頭《あたま》を下《さ》げた。

それから僕《ぼく》らは草津線《くさつせん》の３番線《ばんせん》へ向《む》かって歩《ある》き出《だ》した。

同《おな》じ駅《えき》を通《とお》ることができない大回《おおまわ》りをやっているので、奈良《なら》から柘植《つげ》まで来《き》たら草津《くさつ》へ向《む》かうしかないからだ。

「もしかして、栗《くり》ごはんの駅弁《えきべん》は、もうなくなってしもたんやろか？」

萌《もえ》がため息《いき》をついた。みさきちゃんが上田《うえだ》の持《も》つ駅弁《えきべん》を見《み》つめる。

「柘植《つげ》の駅弁《えきべん》かて『復活《ふっかつ》した』ってことは、それまではやめてたんやもんなぁ」

「売《う》ってなかったら、もうどうしょうもないなぁ」

「奈良《なら》にも柘植《つげ》にも、蒸気機関車《じょうききかんしゃ》は走《はし》ってないっていうし～」

僕《ぼく》もため息《いき》が出《で》そうだった。

「でも、あれはおばあちゃんの勘違《かんちが》いちゃう？　駅弁《えきべん》の話《はなし》とゴッチャになったんやろ？」

そう言《い》った萌《もえ》に、上田《うえだ》が首《くび》をひねる。

「ほんまにそうなんかなぁ～？　単《たん》なる勘違《かんちが》いで片《かた》づけていいんかな。なんか俺《おれ》はそうやない気《き》がしてきてるんや」

「でも……SL《エスエル》北《きた》びわこ号《ごう》は夕方《ゆうがた》走《はし》ってへんって」

「今《いま》は走《はし》ってないけど、二十年前《ねんまえ》から一度《いちど》も夕方《ゆうがた》に走《はし》ったことがないのかはわからへんし、もしかすると、なんらかの鉄道《てつどう》トリックが隠《かく》されているのかもしれへん……」

『鉄道《てつどう》トリック!?』

僕《ぼく》らは顔《かお》を見合《みあ》わせた。

みさきちゃんが、上田《うえだ》を真剣《しんけん》な表情《ひょうじょう》で見《み》つめる。

「おばあちゃんの言《ゆ》うたことを、そんなふうにちゃんと受《う》け取《と》ってくれるなんて～」

上田《うえだ》がみさきちゃんの目《め》を見返《みかえ》した。

「だって、みさきのおばあちゃんやからな……」

「私《わたし》の？」

「せや、みさきも大事《だいじ》な思《おも》い出《で》は忘《わす》れへんやろ？」

上田《うえだ》がニコリと微笑《ほほえ》むと、みさきちゃんは「うん」としっかりうなずいた。

「こうなったら米原《まいばら》へ行《い》こうや！　SL《エスエル》北《きた》びわこ号《ごう》の停車駅《ていしゃえき》は米原《まいばら》、長浜《ながはま》、虎姫《とらひめ》、河毛《かわけ》、高月《たかつき》、木《き》ノ本《もと》。全駅《ぜんえき》をしらみつぶしに探《さが》してみよう」

駅《えき》の時計《とけい》を見《み》ると、時刻《じこく》は13時《じ》55分《ふん》になっていた。

「よしっ、行《い》こう！」

僕《ぼく》が言《い》うと、みんなはバタバタと足《あし》を鳴《な》らしながら跨線橋《こせんきょう》を駆《か》け上《あが》り、屋根裏《やねうら》みたいに木材《もくざい》がむき出《だ》しになっている通路《つうろ》を走《はし》り抜《ぬ》け、3番線《ばんせん》へと続《つづ》く階段《かいだん》を素早《すばや》く下《お》りた。

3番線《ばんせん》に停車《ていしゃ》していた四両編成《りょうへんせい》の電車《でんしゃ》を見《み》た僕《ぼく》は思《おも》わずつばを飲《の》みこんだ。

「うわぁ～113系《けい》だぁ～。さっすがJR《ジェイアール》西《にし》日本《にほん》！」

「こっ、こんな時《とき》になに感動《かんどう》してんねん、ゆ

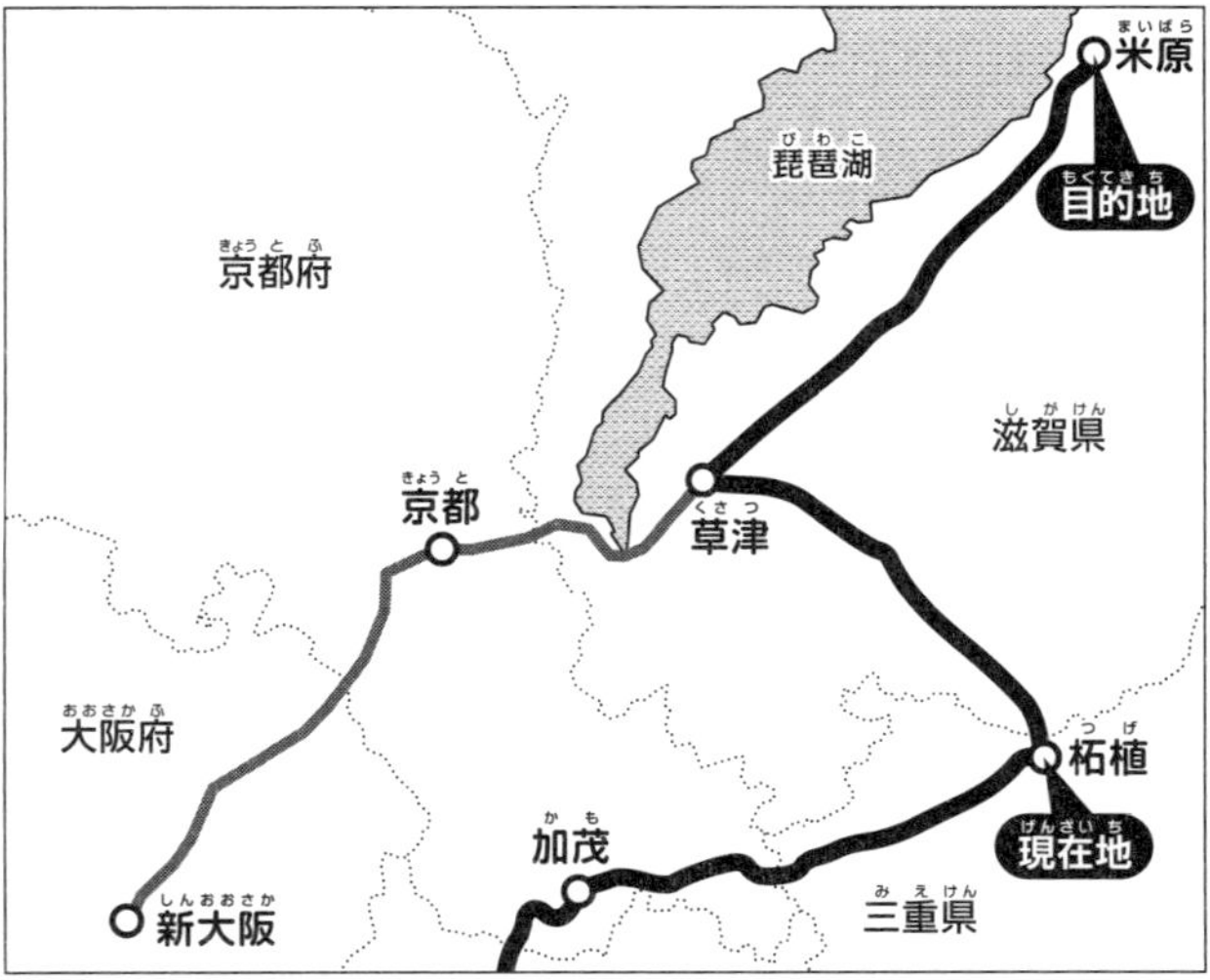

うくん！」

「この電車《でんしゃ》は最近《さいきん》、ものすごく珍《めずら》しいんだって〜」

「めっ、珍《めずら》しい車両《しゃりょう》⁉　そんなんどうでもええちゅうねん」

萌《もえ》が僕《ぼく》の背中《せなか》をグイグイと押《お》す。

「あ〜もうちょっとゆっくり見《み》たいよぉぉ〜」

「そんなんは後《あと》でええから……うわぁぁぁ！　もうドアが閉《し》まってる〜‼」

萌《もえ》は閉《し》まったドアの前《まえ》で大声《おおごえ》で叫《さけ》んだ。

上田《うえだ》が萌《もえ》の前《まえ》に出《で》て、ドアの右側《みぎがわ》にあった銀《ぎん》ボタンを押《お》す。

プシュユユユ……。

空気《くうき》の抜《ぬ》ける音《おと》がして扉《とびら》が左右《さゆう》に開《ひら》いた。

目《め》をぱちくりした萌《もえ》に、上田《うえだ》がニヤリと笑《わら》う。

「寒《さむ》いから駅停車中《えきていしゃちゅう》も、扉《とびら》は閉《し》めてあるんや。さ、早《は》よ早《は》よ」

上田《うえだ》に促《うなが》されて、僕《ぼく》らは少《すこ》し床《ゆか》が高《たか》くなっている車内《しゃない》へ入《はい》った。

みんなが乗《の》りこむと、上田《うえだ》は車内《しゃない》にある「閉《しまる》」ボタンを押《お》す。

再《ふた》びプシュュと音《おと》がして扉《とびら》はピタリと閉《し》まる。

扉《とびら》が閉《と》じられているので、電車《でんしゃ》の中《なか》はとてもあったか〜い。

１１３系《けい》の車内《しゃない》は扉《とびら》の近《ちか》くには二人掛《ふたりが》けの横向《よこむ》きシートがあり、真《ま》ん中《なか》には四人《よにん》が向《む》かい合《あ》わせに座《すわ》れるボックスシートが二《ふた》つずつ並《なら》んでいる。

ガランとしている車内《しゃない》を歩《ある》いた僕《ぼく》らは、ボックスシートの一《ひと》つに座《すわ》った。

ガッコン……グゥウウウゥン。

柘植《つげ》でも発車《はっしゃ》メロディはなく、時間《じかん》になるとゆっくり発車《はっしゃ》した。

草津行普通列車《くさついきふつうれっしゃ》は車体《しゃたい》を左右《さゆう》に揺《ゆ》らしながら、林《はやし》の間《あいだ》を走《はし》り抜《ぬ》ける単線《たんせん》に突入《とつにゅう》していく。

線路《せんろ》の周囲《しゅうい》の緑《みどり》は、冬《ふゆ》を迎《むか》えてすっかり色《いろ》を落《お》としている。

草津線《くさつせん》はローカル線《せん》だけど、電化《でんか》しており、ディーゼル車《しゃ》ではなく電車《でんしゃ》だ。

周囲《しゅうい》には民家《みんか》も少《すく》ないからか、草津線《くさつせん》も駅《えき》と駅《えき》との間《あいだ》が長《なが》く、１１３系《けい》はバンバン加速《かそく》していく。

列車《れっしゃ》が加速《かそく》すればするほど、車体《しゃたい》の揺《ゆ》れは大《おお》きくなった。

「ゆうくんは、なんでこの列車《れっしゃ》が好《す》きなんや〜!?　こんなに揺《ゆ》れて。乗《の》り心地《ごこち》悪《わる》いやん。

うわっ、また揺《ゆ》れた」

ガガガと大《おお》きな音《おと》をさせて右《みぎ》に左《ひだり》に揺《ゆ》れる車両《しゃりょう》の中《なか》で、萌《もえ》は手《て》で体《からだ》を支《ささ》えていた。

「すごく揺《ゆ》れるよね。でも、僕《ぼく》は揺《ゆ》れることも含《ふく》めてこの車両《しゃりょう》が好《す》きなんだ！　この113系《けい》も和歌山線《わかやません》の105系《けい》と同《おな》じように、国鉄時代《こくてつじだい》に作《つく》られた電車《でんしゃ》だからね」

天井《てんじょう》を見上《みあ》げると、古《ふる》い扇風機《せんぷうき》が吊《つ》られていた。

「要《よう》するに、古《ふる》い車両《しゃりょう》が好《す》きってことなんかぁ？」

「113系《けい》は大量《たいりょう》に製造《せいぞう》したから、昔《むかし》はいっぱい走《はし》っていたらしいんだけど、最近《さいきん》はどんどん姿《すがた》を消《け》していて、関東《かんとう》ではほとんど見《み》られない。僕《ぼく》にとって、こうして現役《げんえき》で活躍《かつやく》している113系《けい》に何気《なにげ》なく乗《の》れるって、奇跡《きせき》みたいなもんなんだよ。JR西《ジェイアールにし》日本《にほん》さんってすごいなぁ～ってうれしくなっちゃう」

「もしかして……113系《けい》も鋼鉄製《こうてつせい》？」

萌《もえ》は身《み》を乗《の》り出《だ》して、ニィといたずらっ子《こ》みたいな目《め》で僕《ぼく》を見《み》た。

「そうだよ！　萌《もえ》、よくわかったねっ」

萌《もえ》が電車《でんしゃ》に興味《きょうみ》を持《も》ってくれたのがうれしくて、僕《ぼく》は思《おも》わず笑顔《えがお》になる。

「だって、車体《しゃたい》の隅々《すみずみ》まで緑色《みどりいろ》に塗《ぬ》られていたやん。ああしたら錆《さ》びにくいんやろ？」

萌《もえ》はフフッと微笑《ほほえ》んだ。

みさきちゃんは、じっと座《すわ》って外《そと》を見《み》ている。

おばあちゃんの思《おも》い出《で》の駅弁《えきべん》を探《さが》すタイムリミットが刻一刻《こくいっこく》と近《ちか》づいている。

「きっと、米原《まいばら》、長浜《ながはま》、虎姫《とらひめ》、河毛《かわけ》、高月《たかつき》、木《き》ノ本《もと》のどっかにあるて、みさき！」

そう言《い》った上田《うえだ》に、みさきちゃんはコクンとうなずく。

「私《わたし》、この大回《おおまわ》りのこと、一生忘《いっしょうわす》れへんと思《おも》うわ……」

「忘《わす》れんといてくれや。俺《おれ》が珍《めずら》しくがんばってんやから」

冗談《じょうだん》めかして言《い》った上田《うえだ》を、みさきちゃんが真剣《しんけん》な顔《かお》で見《み》つめる。

「上田《うえだ》、今日《きょう》はほんまにありがとうな」

上田《うえだ》は頭《あたま》の後《うし》ろに手《て》をやると、照《て》れくさそうに笑《わら》った。

「おっ、俺《おれ》は久《ひさ》しぶりに関西大回《かんさいおおまわ》りができて楽《たの》しいわぁ〜」

そう言《い》うなり、上田《うえだ》は柘植《つげ》でもらった幕《まく》の内弁当《うちべんとう》をガツガツ食《た》べだした。

「そっ、それに……こんなに駅弁《えきべん》食《た》べられて……幸《しあわ》せやで……」

今日《きょう》、四《よっ》つ目《め》の駅弁《えきべん》だ。箸《はし》を動《うご》かし続《つづ》ける上田《うえだ》を、女《おんな》の子《こ》にしては大食《おおぐ》いのみさきちゃんも、あきれたように見《み》る。

「あんた、ようそんなに食《た》べられるな」

「まあな」

みさきちゃんが噴《ふ》きだす。上田《うえだ》とみさきちゃんは顔《かお》を見合《みあ》わせて笑《わら》った。

僕《ぼく》らを乗《の》せた113系《けい》は草津線《くさつせん》を疾走《しっそう》していく。

日本最大《にほんさいだい》の湖《みずうみ》である琵琶湖《びわこ》へ向《む》かって……。

5 蒸気機関車《じょうききかんしゃ》の秘密《ひみつ》

草津線《くさつせん》の貴生川《きぶかわ》という駅《えき》では、僕《ぼく》らの列車《れっしゃ》とホームをはさんで向《む》こう側《がわ》に、全体《ぜんたい》が緑色《みどりいろ》の車両《しゃりょう》が停《と》まっていた。

「信楽高原鐵道《しがらきこうげんてつどう》や」

信楽高原鐵道《しがらきこうげんてつどう》は、ここ貴生川《きぶかわ》〜信楽間《しがらきかん》を結《むす》ぶ全長《ぜんちょう》一四・七㎞《キロメートル》の鉄道《てつどう》だと、私鉄《してつ》にくわしい上田《うえだ》が話《はな》してくれた。

ホームに停《と》まっていた信楽高原鐵道《しがらきこうげんてつどう》の車両《しゃりょう》は、SKR《エスケーアール》310形《がた》。緑色《みどりいろ》の車体《しゃたい》の側面《そくめん》には金色《きんいろ》や白《しろ》で忍者《にんじゃ》が描《えが》かれ、正面《しょうめん》には「忍《しのび》」って文字《もじ》がデンと書《か》いてある。

「なんで忍者《にんじゃ》なん？　伊賀鉄道《いがてつどう》でも忍者《にんじゃ》やったやん」

頭《あたま》に「？」を浮《う》かべる萌《もえ》に、上田《うえだ》はニヒッと微笑《ほほえ》む。

「こっちは、甲賀忍者《こうかにんじゃ》なんや」

「甲賀忍者《こうかにんじゃ》といえば、伊賀忍者《いがにんじゃ》のライバルちゃう？」

「せやで。みさき、ようわかっとるやん。伊賀鉄道《いがてつどう》に描《か》かれているのは伊賀忍者《いがにんじゃ》で、こっちは甲賀忍者《こうかにんじゃ》なんや。信楽高原鐵道《しがらきこうげんてつどう》は『甲賀忍者《こうかにんじゃ》の里《さと》』の近《ちか》くを走《はし》っとるんやで」

「へぇ～っ。伊賀《いが》と甲賀《こうか》って、こんなに近《ちか》くやったんか!?」

「山一《やまひと》つ隔《へだ》てた、お隣《となり》さんの村《むら》みたいな感《かん》じやったってなにかに書《か》いてた気《き》がするな」

「昔《むかし》、命《いのち》をかけて戦《たたか》いをしてた伊賀《いが》と甲賀《こうか》が、今《いま》も忍者《にんじゃ》ラッピング車両《しゃりょう》で競《きそ》い合《あ》ってるなんてなぁ。歴史《れきし》やね」

みさきちゃんがしみじみと言《い》う。

ちなみにこの忍者《にんじゃ》ラッピング車内《しゃない》には「黄金色《こがねいろ》の幸福《こうふく》の忍者《にんじゃ》」がどこかに隠《かく》れていて、その忍者《にんじゃ》を見《み》つけると一日《いちにち》がハッピーに過《す》ごせるらしいよ。

草津線《くさつせん》の普通列車《ふつうれっしゃ》は四十五分間《ふんかん》かけて、草津駅《くさつえき》２番線《ばんせん》に14時《じ》46分《ぷん》に到着《とうちゃく》した。

ついに五《いつ》つ目《め》の県《けん》、滋賀県《しがけん》に突入《とつにゅう》！

ちなみに草津駅《くさつえき》にはコンビニだけで、駅弁屋《えきべんや》さんはなかった。

草津《くさつ》からは東海道本線《とうかいどうほんせん》に乗《の》って米原《まいばら》を目指《めざ》す。

僕《ぼく》らは大急《おおいそ》ぎで5番線《ばんせん》に移動《いどう》し、14時《じ》50分発《ぷんはつ》の長浜行新快速《ながはまいきしんかいそく》に飛《と》び乗《の》った。

使用車両《しようしゃりょう》は紀州路快速《きしゅうじかいそく》と同《おな》じ223系《けい》。十二両編成《じゅうにりょうへんせい》だ。

転換《てんかん》クロスシートのおかげで、萌《もえ》は上機嫌《じょうきげん》。

新快速《しんかいそく》の米原到着《まいばらとうちゃく》は15時《じ》23分《ぷん》。もう冬《ふゆ》の陽《ひ》がかたむきつつある。

米原《まいばら》は、東海道本線《とうかいどうほんせん》と北陸本線《ほくりくほんせん》の分岐点《ぶんきてん》にあたる重要《じゅうよう》な駅《えき》だ。

在来線《ざいらいせん》は2番線《ばんせん》から8番線《ばんせん》。新幹線《しんかんせん》も通《とお》っていて、11番線《ばんせん》から13番線《ばんせん》は新幹線《しんかんせん》ホームとなっている。

ちょっと珍《めずら》しいのは新幹線《しんかんせん》のホームも地上《ちじょう》にあること。新幹線《しんかんせん》は高架線《こうかせん》の上《うえ》を走《はし》っているから、駅《えき》も高架《こうか》の上《うえ》に造《つく》られていることが多《おお》いんだけど、米原《まいばら》では在来線《ざいらいせん》と同《おな》じ高《たか》さで新幹線《しんかんせん》が停《と》まるんだ。

地上《ちじょう》に線路《せんろ》がズラリと並《なら》んでいるから、駅施設《えきしせつ》は二階部分《かいぶぶん》に造《つく》られている。

新快速《しんかいそく》が着《つ》いたのは6番線《ばんせん》ホームだった。

《新快速《しんかいそく》はここで切《き》り離《はな》し作業《さぎょう》を行《おこな》いま〜す》

アナウンスにうながされるように、僕《ぼく》らはホームで列車《れっしゃ》が切《き》り離《はな》される作業《さぎょう》を見《み》つめた。

お客《きゃく》さんの人数《にんずう》が場所《ばしょ》によって大《おお》きく変化《へんか》する関西《かんさい》では、こういった切《き》り離《はな》しや連結《れんけつ》が関東《かんとう》に比《くら》べて多《おお》いんだよ。

やがて、切《き》り離《はな》し作業《さぎょう》が終了《しゅうりょう》し、新快速《しんかいそく》は米原《まいばら》を発車《はっしゃ》していった。

列車表示板《れっしゃひょうじばん》を見《み》ると、５番線《ばんせん》には「回送《かいそう》」、６番線《ばんせん》には「米原止《まいばらどまり》」と表示《ひょうじ》されていた。

その時《とき》、僕《ぼく》の鼻《はな》は、美味《おい》しそうな匂《にお》いをキャッチした。

「このホームに立《た》ち食《ぐ》いそば屋《や》さんがあるんじゃない？」

「まさか〜そんなことは……って、あったわ！」

萌《もえ》が指差《ゆびさ》した先《さき》、階段《かいだん》の近《ちか》くにカウンターだけの、いかにも年季《ねんき》が入《はい》ったおそば屋《や》さんがあった。

「でしょう〜。僕《ぼく》は駅《えき》の立《た》ち食《ぐ》いそば屋《や》さんは絶対《ぜったい》に見逃《みのが》さないんだ」

「どんな才能《さいのう》やねん!?」

「おっ！　米原《まいばら》には駅弁《えきべん》があるで！」

上田《うえだ》がケータイから顔《かお》をあげる。さすが上田《うえだ》。米原《まいばら》の駅弁屋《えきべんや》さんを検索《けんさく》していたらしい。

上田《うえだ》のあとをついて、階段《かいだん》を上《のぼ》りかけた時《とき》、またアナウンスがあった。

《5番線《ばんせん》に回送列車《かいそうれっしゃ》が到着《とうちゃく》します。この列車《れっしゃ》にはお乗《の》りいただくことはできません》

……回送列車《かいそうれっしゃ》か。

僕《ぼく》がボンヤリと5番線《ばんせん》に目《め》を向《む》けると、長浜方面《ながはまほうめん》からカタンコトンと走行音《そうこうおん》が近《ちか》づいてきて、クリームと青《あお》の電気機関車《でんききかんしゃ》が姿《すがた》を現《あらわ》した。

僕《ぼく》の足《あし》が止《と》まる。

「EF《イーエフ》65だっ！」

ガガガガガガッ……。

走《はし》ってきたのは、昔《むかし》はブルートレインなどを牽《ひ》いていたEF《イーエフ》65って電気機関車《でんききかんしゃ》だった。

僕《ぼく》のテンションが一気《いっき》に上《あ》がる。

「一……二……三……四……五。五両引《りょうひ》っ張《ぱ》ってるのか……」

「へぇ～珍《めずら》しいなぁ。EF《イーエフ》65って……」

階段《かいだん》を上《あ》がることなど忘《わす》れたように、上田《うえだ》の目《め》もEF《イーエフ》65にくぎ付《づ》けだ。

「引《ひ》っ張《ぱ》っているのが、寝台車《しんだいしゃ》じゃなくて、ボックス席《せき》の並《なら》ぶ12系客車《けいきゃくしゃ》というのが残念《ざんねん》だけどね」

「せやなぁ。今《いま》は電気機関車《でんききかんしゃ》の牽《ひ》く寝台列車《しんだいれっしゃ》は、一《ひと》つもなくなってもうたからなぁ～」

そうつぶやいた上田《うえだ》の口《くち》が「あがぁぁぁぁぁ」と広《ひろ》がった。

僕《ぼく》の目《め》も口《くち》も、同《おな》じようにくわぁぁぁと丸《まる》くなる。

二人《ふたり》で同時《どうじ》に、大声《おおごえ》で叫《さけ》んだ。

『蒸気機関車《じょうききかんしゃ》だっ！』

僕《ぼく》らの叫《さけ》び声《ごえ》を聞《き》いた萌《もえ》とみさきちゃんが階段《かいだん》を急《いそ》いで駆《か》け下《お》りてきた。

「蒸気機関車《じょうききかんしゃ》やて⁉」

「ほんまに、どこどこ⁉」

次《つぎ》の瞬間《しゅんかん》、二人《ふたり》がぽかんと口《くち》を開《あ》けた。

EF《イーエフ》65が引《ひ》っ張《ぱ》っていた五両《りょう》の客車《きゃくしゃ》の、その一番後《いちばんうし》ろに、真《ま》っ黒《くろ》な蒸気機関車《じょうききかんしゃ》がバックで連結《れんけつ》されていた。

キイインと大《おお》きなブレーキ音《おん》をあげて階段《かいだん》の脇《わき》に列車《れっしゃ》が停《と》まる。

僕《ぼく》らは、SL《エスエル》北《きた》びわこ号《ごう》のヘッドマークを正面《しょうめん》にかかげる蒸気機関車《じょうききかんしゃ》に駆《か》け寄《よ》った。

「C《シー》56 160」と記《しる》された金《きん》のプレートと、ヘッドマークが夕日《ゆうひ》を浴《あ》びて、きらきらと輝《かがや》いている。

ちなみに「C《シー》56 160」というのは、C《シー》56形《がた》蒸気機関車《じょうききかんしゃ》の160号機《ごうき》っていう意味《いみ》。

「どっ、どうして蒸気機関車《じょうききかんしゃ》がここに!?」

IC《アイシー》レコーダーを出《だ》すのも忘《わす》れて、みさきちゃんは呆然《ぼうぜん》とつぶやく。

上田《うえだ》ははっとした表情《ひょうじょう》で、パチンと右手《みぎて》の指《ゆび》を鳴《な》らした。

「わかったで。……なるほど、そういうことやったんかぁ！」

「上田《うえだ》、なにがわかったん？　早《はや》よ、教《おし》えて」

みさきちゃんは上田《うえだ》の袖《そで》を引《ひ》っ張《ぱ》った。

「SL《エスエル》北《きた》びわこ号《ごう》は10時《じ》9分《ふん》と13時《じ》16分《ぷん》に、米原《まいばら》から木《き》ノ本《もと》へ向《む》かう下《くだ》り列車《れっしゃ》が日《ひ》に二本《ほん》走《はし》ってる。それは、時刻表《じこくひょう》に載《の》ってるとおりや。そして木《き》ノ本《もと》に着《つ》いた蒸気機関車《じょうききかんしゃ》は、E《イー》

C56160
SL 北びわこ号

Ｆ《エフ》65に牽《ひ》いてもらって、米原《まいばら》に回送《かいそう》されて戻《もど》ってくるんや！」

『おばあちゃんはこれを見《み》たんだ！』

「ちゅうことは！　思《おも》い出《で》の駅弁《えきべん》は、ＳＬ《エスエル》北《きた》びわこ号《ごう》の走《はし》る路線《ろせん》のどこかに必《かなら》ずあるってこっちゃ！」

「この米原《まいばら》の駅弁《えきべん》かもしれへんってこと!?」

みさきちゃんに上田《うえだ》がうなずく。

「よしっ、コンコースへ行《い》ってみようや！　きっと、売店《ばいてん》があるはずや！」

上田《うえだ》が先頭《せんとう》になって階段《かいだん》を駆《か》け上《のぼ》る。

コンコースには、赤《あか》いのれんのかかった屋台《やたい》みたいな駅弁屋《えきべんや》さんがある。

まだ、駅弁残《えきべんのこ》っているかな……？

僕《ぼく》がちょっと不安《ふあん》になったのは、駅弁《えきべん》はお昼《ひる》に売《う》れることが多《おお》く、商品《しょうひん》によっては売《う》り切《き》れていることがあるからだ。

僕《ぼく》らはタタッと売店《ばいてん》に駆《か》けこんだ。

「いっ、いらっしゃい」

店員《てんいん》さんはバタバタと店《みせ》に突《つ》っこんできた僕《ぼく》らに目《め》を丸《まる》くした。

上田《うえだ》は勢《いきお》いよくたずねる。

「栗《くり》ごはんある!?」

みさきちゃんが、上田《うえだ》の肩《かた》にするどく突《つ》っこむ。

「なに聞《き》いてんねん!? 弁当名《べんとうめい》を言《い》わなあかんやろ!」

「……って……弁当名《べんとうめい》は『ナントカのおはなし』や!」

二人《ふたり》の様子《ようす》を後《うし》ろで見《み》ていた僕《ぼく》の目《め》は、その時壁《ときかべ》のポスターに吸《す》い寄《よ》せられていた。

「上田《うえだ》、ポスターを見《み》て!!」

そこには、このお店《みせ》で扱《あつか》っている駅弁《えきべん》がズラリと並《なら》べられていた。そして左上《ひだりうえ》に『湖北《こほく》のおはなし』という駅弁《えきべん》の写真《しゃしん》があった。

ごはんは、栗《くり》ごはん!

『これだ――!!』

間違《まちが》いない！　おばあちゃんの思《おも》い出《で》の駅弁《えきべん》だ！

みさきちゃんが右手《みぎて》をパーにしてポスターのその写真《しゃしん》のところに勢《いきお》いよく手《て》を置《お》く。

「これを一《ひと》つください！」

「はっ、はい……。でっ、では税込《ぜいこ》みで一一五〇円《えん》になります」

必死《ひっし》の形相《ぎょうそう》の僕《ぼく》らに、店員《てんいん》さんは目《め》を丸《まる》くしている。

白《しろ》い掛《か》け紙《がみ》に墨字《すみじ》で『湖北《こほく》のおはなし』と書《か》かれた駅弁《えきべん》だった。

「やった！　おばあちゃん喜《よろこ》んでくれるかな？」

駅弁《えきべん》を入《い》れた白《しろ》いビニール袋《ぶくろ》を受《う》け取《と》ったみさきちゃんは、うれしそうに振《ふ》り向《む》く。

「そらぁ～喜《よろこ》んでくれるわ～。だって、おじい様《さま》との思《おも》い出《で》の栗《くり》ごはんやねんもん」

萌《もえ》はうんうんとうなずきながら言《い》う。

あれ……どうしたのかな？

その時《とき》、店員《てんいん》さんの顔《かお》が引《ひ》きつったように見《み》えたんだ。

「よかったなぁ～みさき。栗《くり》ごはんの駅弁《えきべん》が見《み》つかって」

「ありがとうな、上田《うえだ》。こんないい加減《かげん》な計画《けいかく》じゃ無理《むり》かと思《おも》たけど……」

「あほっ、俺《おれ》の計画《けいかく》はいつも完璧《かんぺき》やっちゅうねん！」

上田《うえだ》はスンと鼻《はな》を鳴《な》らして、得意《とくい》げに顔《かお》をあげる。

「じゃあ、さっそく栗《くり》ごはんの駅弁届《えきべんとど》けに行《い》こうよ！　えっと、次《つぎ》の電車《でんしゃ》は……」

回《まわ》れ右《みぎ》をした僕《ぼく》らが、歩《ある》き出《だ》そうとした瞬間《しゅんかん》だった。

後《うし》ろから駅弁屋《えきべんや》の店員《てんいん》さんの声《こえ》が聞《き》こえた。

「あのぉ～大変言《たいへんい》いにくいのですが～。その駅弁《えきべん》はお探《さが》しのものじゃないと思《おも》います……」


『えーーっ!?』


周《まわ》りを歩《ある》いていた人《ひと》がみな振《ふ》り返《かえ》ったほど大《おお》きな僕《ぼく》らの声《こえ》が、コンコースに響《ひび》き渡《わた》った。

上田《うえだ》は熱《あつ》くなって、店員《てんいん》さんに詰《つ》めよる。

「どういうことなんや!?　なんで『湖北《こほく》のおはなし』やのに、栗《くり》ごはんやないんや!?　写《しゃ》真《しん》に写《うつ》ってるのは、栗《くり》ごはんやないか」

「そっ、そうなんですけど……」

「せやったら、写真《しゃしん》のとおり、栗《くり》ごはんに決《き》まってるやろ」

「で、でもそ、そう言《い》われましても、今《いま》の季節《きせつ》は栗《くり》ごはんやなくて……」

「写真《しゃしん》と中身《なかみ》が違《ちが》うなんて、おかしいやろ。みさきはおばあちゃんのために、今日一日《きょういちにち》、関西中《かんさいじゅう》を回《まわ》って、思《おも》い出《で》の駅弁探《えきべんさが》してたんやで！　栗《くり》ごはんの駅弁《えきべん》を。そんなんみさきがかわいそうやないか」

その時《とき》、みさきちゃんが口《くち》を開《ひら》いた。

「ちょっと待《ま》ちぃ〜や！　上田《うえだ》」

「なっ、なんや!?　みさき！」

「あっ、ありがとうな……私《わたし》のためにそんなに言《い》ってくれて……」

上田《うえだ》の顔《かお》がカッと赤《あか》くなる。

「べっ、別《べつ》に……その……なんや……そんなつもりやない……いやあるけど……な」

「せやけど、ちゃんと店員《てんいん》さんに、話《はなし》を聞《き》いてからにせえへんか？」

「そっ、それもそうやな……。すまん、いきなり熱《あつ》うなってしもうて……」

みさきちゃんは上田《うえだ》をやさしい目《め》で見《み》てうなずき、それから店員《てんいん》さんに向《む》き直《なお》った。

「なんで栗《くり》ごはんやないのか、教《おし》えてもらえますか？」

店員《てんいん》さんは、ひと呼吸《こきゅう》おいてから答《こた》えた。

「写真《しゃしん》では栗《くり》ごはんなんですが、今《いま》の季節《きせつ》は黒豆《くろまめ》ごはんなんですよ」

『えーーっ!?　どういうこと～!?』

駅弁《えきべん》の秘密《ひみつ》に最初《さいしょ》に気《き》づいたのは、上田《うえだ》だった。

「もしかして……『湖北《こほく》のおはなし』のごはんって、季節《きせつ》ごとに変《か》わるんか？」

店員《てんいん》さんはコクリとうなずく。

「冬《ふゆ》は黒豆《くろまめ》ごはん、春《はる》には山菜《さんさい》ごはん、夏《なつ》になると枝豆《えだまめ》ごはん……。そして栗《くり》ごはんは秋《あき》なんです。ごはんでも季節《きせつ》を感《かん》じていただくために……」

「そういうことやったんかぁ～」

僕《ぼく》らは顔《かお》を見合《みあ》わせた。

おばあちゃんの思《おも》い出《で》の駅弁《えきべん》は、『湖北《こほく》のおはなし』で間違《まちが》いない。

そして多分《たぶん》、おばあちゃんが米原《まいばら》へ来《き》たのは秋《あき》だったんだ。

けれど今《いま》は冬《ふゆ》で、黒豆《くろまめ》ごはん……。

白《しろ》いビニール袋《ぶくろ》を握《にぎ》ったまま、みさきちゃんは黙《だま》りこんだ。

「ちゅうことは、今《いま》の季節《きせつ》、思《おも》い出《で》の駅弁《えきべん》は手《て》に入《はい》らんってことか……」

上田《うえだ》は両手《りょうて》を拳《こぶし》にして悔《くや》しそうにつぶやく。肩《かた》を落《お》とした萌《もえ》がうなずく。

「来年《らいねん》の秋《あき》まで待《ま》つしかないってことやもんなぁ……」

僕《ぼく》はみさきちゃんにかける言葉《ことば》が見《み》つからずにいた。

誰《だれ》も悪《わる》くなく……ただ残念《ざんねん》なだけ。

「大変申《たいへんもう》し訳《わけ》ございません。お代《だい》は返金《へんきん》させていただきますので、その駅弁《えきべん》は……」

申《もう》し訳《わけ》なさそうに言《い》った店員《てんいん》さんに、みさきちゃんは髪《かみ》をふわっと揺《ゆ》らして顔《かお》をあげ、
ニコリと微笑《ほほえ》んだ。

「いや、大丈夫《だいじょうぶ》や。この駅弁《えきべん》はいただいて、おばあちゃんに届《とど》けます。栗《くり》ごはんは入《はい》って
いないけど、これはおじいちゃんとの大切《たいせつ》な思《おも》い出《で》の駅弁《えきべん》に違《ちが》いないし。それに……」

みさきちゃんは、僕《ぼく》らをクルリと見回《みまわ》した。

「この駅弁《えきべん》は、みんなと一日《いちにち》かけて見《み》つけた『私《わたし》の思《おも》い出《で》の駅弁《えきべん》』や！」


みさきちゃんの目《め》がキラキラ輝《かがや》いている。

上田《うえだ》は大《おお》きくうなずくと、すっと顔《かお》をあげた。

「よし、そしたら、その駅弁《えきべん》をおばあちゃんへ、届《とど》けよう！」

上田《うえだ》が右手《みぎて》をすっと前《まえ》に差《さ》し出《だ》す。萌《もえ》がその手《て》の上《うえ》に華奢《きゃしゃ》な右手《みぎて》をのせる。

「みさきちゃんの想《おも》いは伝《つた》わるはずや」

「じゃあ、早《はや》く新大阪《しんおおさか》へ戻《もど》ろう！」

僕《ぼく》が萌《もえ》の手《て》の上《うえ》に右手《みぎて》を重《かさ》ね、最後《さいご》にみさきちゃんが、そっと上《うえ》に右手《みぎて》を置《お》いた。

みさきちゃんが僕《ぼく》ら一人一人《ひとりひとり》の顔《かお》を見《み》つめる。

「ほんま……ありがとうな。みんな大好《だいす》きや！」

みさきちゃんが上《うえ》からグッと力《ちから》を入《い》れたのが合図《あいず》になった。

「駅弁《えきべん》をおばあちゃんに届《とど》けるで――!!　ミッション開始《かいし》や――――!!」

上田《うえだ》の言葉《ことば》とともに、みんなは右手《みぎて》に力《ちから》を入《い》れて天井《てんじょう》へ向《む》けて解《と》き放《はな》つ。

『おぅ――――――――――――――!!』

僕《ぼく》らの声《こえ》は米原《まいばら》のコンコースに響《ひび》いた。

みんなで店員《てんいん》さんに『ありがとうございました』とお礼《れい》を言《い》い、北陸本線《ほくりくほんせん》の乗《の》り場《ば》である6番線《ばんせん》へ向《む》かって走《はし》り出《だ》した。

みんなの笑顔《えがお》が弾《はじ》けていた。

6 関西《かんさい》だけの必殺技《ひっさつわざ》!?

行《い》き先《さき》は新大阪《しんおおさか》。でも僕《ぼく》らは新大阪《しんおおさか》から離《はな》れるように、北陸本線《ほくりくほんせん》を北上《ほくじょう》する電車《でんしゃ》に乗《の》る。

米原《まいばら》から新大阪《しんおおさか》は、東海道本線《とうかいどうほんせん》を西《にし》へ向《む》かうのが近道《ちかみち》なんだけど、僕《ぼく》らはもう草津《くさつ》から米原《まいばら》まで東海道本線《とうかいどうほんせん》に乗《の》ってしまったので、大回《おおまわ》りのルール上《じょう》、後戻《あともど》りはできない。

そこで、琵琶湖《びわこ》の東側《ひがしがわ》を大《おお》きく回《まわ》るように、一旦《いったん》北陸本線《ほくりくほんせん》を北上《ほくじょう》するルートをとる。

米原《まいばら》を16時《じ》1分《ぷん》に出発《しゅっぱつ》した新快速《しんかいそく》は、終点《しゅうてん》

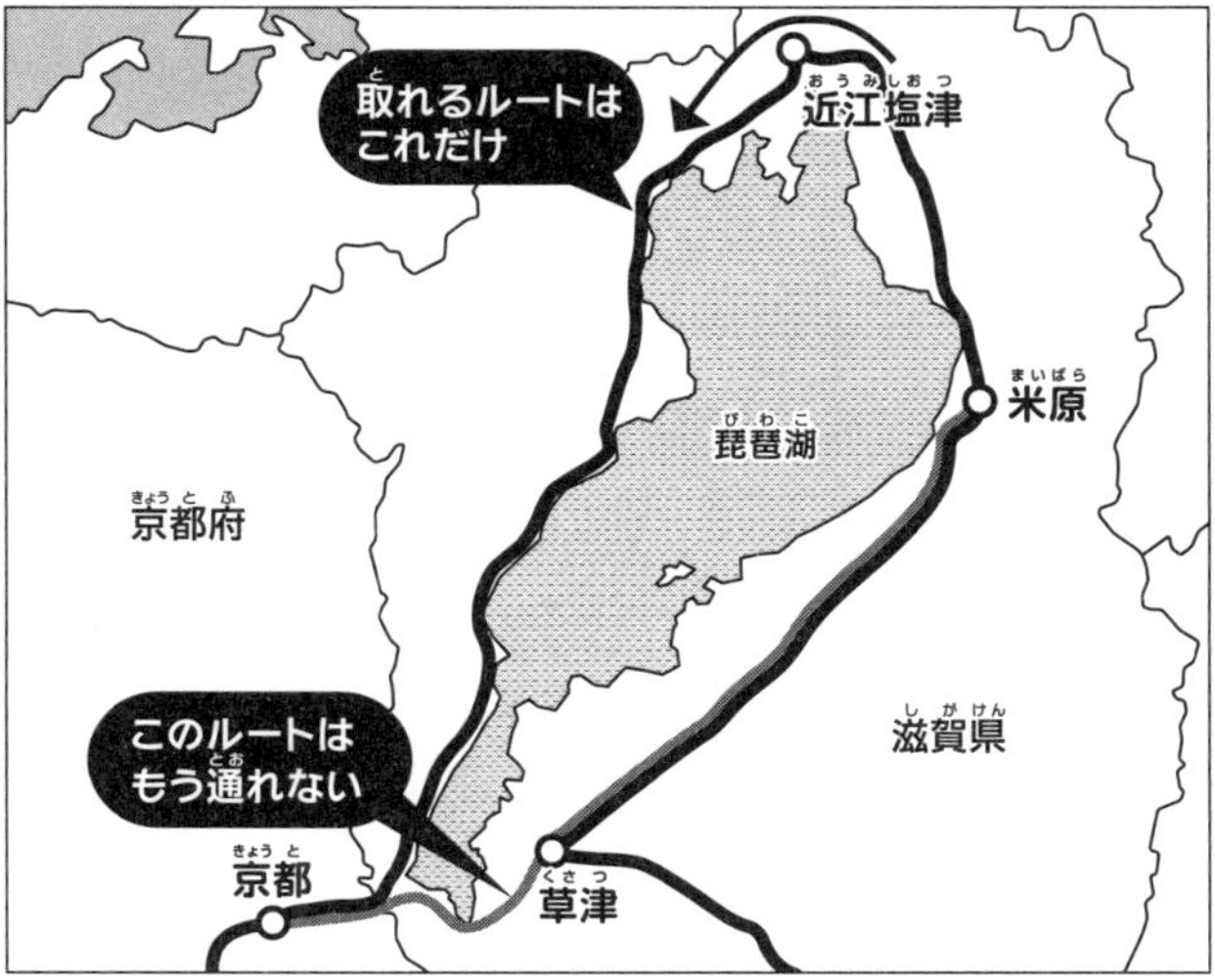

の近江塩津《おうみしおつ》に16時34分《じぷん》に到着《とうちゃく》。

近江塩津《おうみしおつ》は琵琶湖《びわこ》の北側《きたがわ》に位置《いち》するホームしかないような無人駅《むじんえき》だけど、ここで湖西線《こせいせん》と合流《ごうりゅう》している。僕《ぼく》らはここから湖西線《こせいせん》の列車《れっしゃ》に乗《の》り換《か》えて新大阪《しんおおさか》を目指《めざ》す。

16時《じ》39分《ふん》にやってきた網干行新快速《あぼしいきしんかいそく》223系《けい》に乗《の》りこむと、僕《ぼく》らはほっとした。

というのも、これで今回《こんかい》のミッションは無事完了《ぶじかんりょう》だから。

おばあちゃんが乗《の》る予定《よてい》の『サンダーバード41号《ごう》』は、新大阪《しんおおさか》に18時《じ》45分着《ふんちゃく》。この新快速《しんかいそく》は新大阪《しんおおさか》に18時《じ》22分《ふん》に到着《とうちゃく》するので、お弁当《べんとう》を確実《かくじつ》に届《とど》けることができる。

湖西線《こせいせん》を走《はし》っているうちに太陽《たいよう》が沈《しず》み、車窓《しゃそう》には夜景《やけい》が広《ひろ》がった。

一日中電車《いちにちじゅうでんしゃ》に乗《の》っているのはとても楽《たの》しかった。けれど、朝《あさ》も早《はや》かったし、223系《けい》の乗《の》り心地《ごこち》はバッチリだから、いつの間《ま》にか、僕《ぼく》らはうとうと眠《ねむ》り込《こ》んでしまった。

上田《うえだ》が僕《ぼく》を揺《ゆ》り起《お》こしたのは、もう少《すこ》しで京都《きょうと》に到着《とうちゃく》しようとしていた時《とき》だった。京都《きょうと》駅《えき》が近《ちか》くなったため、車輪《しゃりん》からは、複雑《ふくざつ》なポイントを渡《わた》っていく音《おと》が聞《き》こえている。

「緊急事態発生《きんきゅうじたいはっせい》やっ！」

上田《うえだ》の顔《かお》が青《あお》ざめていた。大変《たいへん》なことが起《お》きたと僕《ぼく》は一瞬《いっしゅん》で目《め》を覚《さ》ました。

「東海道本線《とうかいどうほんせん》がヤバイみたいや」

上田《うえだ》は天井《てんじょう》にあったスピーカーを見《み》つめる。

《17時《じ》55分頃《ふんごろ》東海道本線《とうかいどうほんせん》、山崎駅《やまざきえき》付近《ふきん》におきまして架線《かせん》にビニールが付着《ふちゃく》しているのが発《はっ》見《けん》されました。現在《げんざい》、除去作業《じょきょさぎょう》を行《おこな》っておりますので、当列車《とうれっしゃ》は次《つぎ》の京都駅《きょうとえき》において運転《うんてん》を見合《みあ》わせます。お急《いそ》ぎのところ大変申《たいへんもう》し訳《わけ》ございません……。繰《く》り返《かえ》し——》

「京都《きょうと》で運転見合《うんてんみあ》わせ——!?」

僕《ぼく》の声《こえ》でみさきちゃんと萌《もえ》が目《め》を開《あ》けた。萌《もえ》は目《め》をクシュクシュとこする。みさきちゃんは両手《りょうて》をグゥゥと上《うえ》に伸《の》ばした。二人《ふたり》とものんびりとした口調《くちょう》でつぶやく。

「あぁ〜京都《きょうと》まで戻《もど》ってきたんかぁ〜」

「なんや車内《しゃない》で大声出《おおごえだ》して〜」

列車《れっしゃ》は京都駅構内《きょうとえきこうない》へ入《はい》っていく。大勢《おおぜい》の人《ひと》が立《た》っているホームが見《み》えた。

「大変《たいへん》なんや。東海道本線《とうかいどうほんせん》でトラブルがあって、この列車《れっしゃ》は運転《うんてん》を見合《みあ》わせるんやって!」

あわてて上田《うえだ》が説明《せつめい》するが、萌《もえ》は事態《じたい》がのみこめないようだった。

「ほな〜運転再開《うんてんさいかい》まで待《ま》つしかないなぁ〜。フワァア〜」

「そんな悠長《ゆうちょう》なこと言《い》ってられないって！　順調《じゅんちょう》にいっても、この列車《れっしゃ》の新大阪到着《しんおおさかとうちゃく》は18時《じ》22分《ふん》。おばあちゃんの乗《の》るサンダーバード41号《ごう》の新大阪発車時刻《しんおおさかはっしゃじこく》の18時《じ》46分《ぷん》までは、二十四分《ぷん》しか余裕《よゆう》はないんだ！　乗《の》り換《か》えに三分《ぷん》かかると考《かんが》えれば、東海道本線《とうかいどうほんせん》がこれから二十分《にじゅっぷん》以内《いない》に運転再開《うんてんさいかい》しないと、おばあちゃんに駅弁《えきべん》を届《とど》けられなくなっちゃうよ！」

僕《ぼく》が説明《せつめい》すると、みさきちゃんの顔色《かおいろ》が変《か》わった。

「そらぁ大変《たいへん》や！　他《ほか》の路線《ろせん》から回《まわ》られへんの!?」

「京都《きょうと》から大阪《おおさか》へ行《い》けるＪＲ《ジェイアール》は、東海道本線《とうかいどうほんせん》だけなんだよ」

「ど、どないしよ……」

みさきちゃんは口《くち》に手《て》を当《あ》てて、そのままかたまってしまった。

「で、でも、ビニールを架線《かせん》から外《はず》すくらい……ちょちょいのちょいやろ？」

そう言《い》った萌《もえ》に、僕《ぼく》は首《くび》を左右《さゆう》に振《ふ》る。

「いや……こういうのって、案外《あんがい》、処理《しょり》に時間《じかん》がかかったりするんだよ」

前《まえ》に同《おな》じようなトラブルに出《で》くわした時《とき》には確《たし》か三十分《ぷん》以上《いじょう》かかったはずだ。

「そんな……。せっかく思《おも》い出《で》の駅弁《えきべん》見《み》つけたのに……」

みさきちゃんの目《め》がうるみはじめた。

キィイイン！　プシュユユ。

新快速《しんかいそく》は京都駅《きょうとえき》５番線《ばんせん》に17時《じ》57分《ふん》に到着《とうちゃく》し、ドアが勢《いきお》いよく開《ひら》く。

お客《きゃく》さんの入《い》れ替《か》えがあって、普通《ふつう》なら発車《はっしゃ》するタイミングになっても、列車《れっしゃ》は停《と》まったままだ。ホームには運転見合《うんてんみあ》わせについての説明《せつめい》が流《なが》れ続《つづ》けている。

「これ……おばあちゃんに届《とど》けたかったたな……」

いつもは元気《げんき》いっぱいのみさきちゃんが、悲《かな》しげにつぶやく。

「みさき〜。めっちゃ頼《たよ》りになる幼《おさな》なじみがおるのを、忘《わす》れてんのとちゃうか？」

上田《うえだ》が右手《みぎて》の親指《おやゆび》で自分《じぶん》の鼻《はな》の頭《あたま》を指《さ》している。

それから上田《うえだ》はすっくと立《た》ち上《あ》がり、みさきちゃんの右手《みぎて》を握《にぎ》った。

「みさきっ、俺《おれ》について来《こ》い！」

「上田《うえだ》！」

「任《まか》せとけっ！　たぶん、あの方法《ほうほう》が使《つか》えるはずやっ！」

みさきちゃんの表情《ひょうじょう》がぱっと明《あか》るくなる。

「わかった。……ようわからんけど……、私《わたし》、上田《うえだ》を信《しん》じる！」

……あの方法《ほうほう》？

上田《うえだ》とみさきちゃんのあとを、僕《ぼく》と萌《もえ》はあわてて追《お》った。

5番線《ばんせん》を中央《ちゅうおう》まで戻《もど》った上田《うえだ》は階段《かいだん》を駆《か》け上《のぼ》ってコンコースを左《ひだり》へ曲《ま》がる。

僕《ぼく》と並《なら》んでコンコースを走《はし》っていた萌《もえ》は「あ〜そういうことかぁ〜」とつぶやく。

「どうしたの？　萌《もえ》」

「わかったわ〜上田《うえだ》のやろうとしてることぉ。みさきちゃんのお父《とう》さんの会社《かいしゃ》の模型《もけい》の新《しん》作発表会《さくはっぴょうかい》に届《とど》ける時《とき》にも使《つか》った手《て》や〜。きっと、上田《うえだ》は新幹線《しんかんせん》で新大阪《しんおおさか》まで移動《いどう》する気《き》なんや」

萌《もえ》はそう言《い》ってニヒッと肩《かた》をすくめた。僕《ぼく》らが上田《うえだ》とみさきちゃんに出会《であ》った時《とき》のことを言《い》っているのだとすぐにわかった。発表会《はっぴょうかい》の時間《じかん》に間《ま》に合《あ》わせるために、僕《ぼく》らは京都《きょうと》から新幹線《しんかんせん》に乗《の》ったんだ（くわしくは『電車《でんしゃ》で行《い》こう！　大阪《おおさか》・京都《きょうと》・奈良《なら》ダンガンツアー』を読《よ》んでね）。

でも僕《ぼく》は萌《もえ》にうなずくことはできない。

「萌《もえ》、なにか重要《じゅうよう》なこと忘《わす》れてない？」

「重要《じゅうよう》なこと？」

僕《ぼく》はポケットから「八〇円《えん》」のきっぷを取《と》り出《だ》して見《み》せた。

「今《いま》は大回《おおまわ》り中《ちゅう》だよ」

「はっ!?　確《たし》かにそうやわ！　こんなきっぷじゃ新幹線《しんかんせん》なんて乗《の》られへんやん！」

だが、上田《うえだ》たちは新幹線連絡口《しんかんせんれんらくぐち》へと続《つづ》く階段《かいだん》を駆《か》け下《お》りていく。

うわうわうわ！　早《はや》く上田《うえだ》を止《と》めなきゃ！

僕《ぼく》は速度《そくど》を速《はや》め、上田《うえだ》に近《ちか》づいた。

「上田《うえだ》！　今《いま》は大回《おおまわ》り中《ちゅう》だぞ。新幹線《しんかんせん》乗《の》り場《ば》に来《き》てどうすんだよ!?」

改札口《かいさつぐち》の横《よこ》にある自動券売機《じどうけんばいき》で素早《すばや》く四枚《まい》のきっぷを追加《ついか》で買《か》った上田《うえだ》はニヤリと笑《わら》い、
右手《みぎて》の人差《ひとさ》し指《ゆび》でピシッとキャップのツバを弾《はじ》く。

「こういう時《とき》は気合《きあ》いと根性《こんじょう》や！」

『気合《きあ》いと根性《こんじょう》―――!?』

あ然《ぜん》としている僕《ぼく》らにはかまわず、上田《うえだ》は改札口《かいさつぐち》の駅員《えきいん》さんに声《こえ》をかける。

「俺《おれ》ら大都市近郊区間《だいとしきんこうくかん》のルールを利用《りよう》しながら、関西《かんさい》を大回《おおまわ》りしているんです」

上田《うえだ》は今《いま》まで乗《の》ってきた経路《けいろ》が書《か》き込《こ》まれた路線図《ろせんず》をパラリと広《ひろ》げて見《み》せた。

駅員《えきいん》さんは「ご苦労《くろう》さん。みんな鉄道《てつどう》が好《す》きなんやね」とやさしい目《め》でうなずいた。

それから上田《うえだ》は、八〇円《えん》のきっぷを見《み》せ、真剣《しんけん》な顔《かお》で駅員《えきいん》さんに向《む》かい合《あ》った。

「大回《おおまわ》り乗車券《じょうしゃけん》で新大阪《しんおおさか》まで新幹線《しんかんせん》に乗《の》りたいので通《とお》してくださ―――い!!」

え―――っ!? 八〇円《えん》のきっぷで新幹線《しんかんせん》に乗《の》る気《き》なのぉ〜!?

僕《ぼく》だって、そんな無茶《むちゃ》をしたことは一度《いちど》もない。

みさきちゃんは上田《うえだ》の腕《うで》をつかんだ。

「ちょっ、そんなん無理《むり》に決《き》まってるやろ〜。新幹線《しんかんせん》に八〇円《えん》で乗《の》られたら、JR《ジェイアール》さん破産《はさん》してまうがなっ!」

「京都《きょうと》から新大阪《しんおおさか》までの新幹線自由席特急券《しんかんせんじゆうせきとっきゅうけん》はありますから!」

上田《うえだ》はさっき改札横《かいさつよこ》の自動券売機《じどうけんばいき》で買《か》ったきっぷを駅員《えきいん》さんにグイッと差《さ》し出《だ》す。

駅員《えきいん》さんはニコリと笑《わら》って僕《ぼく》らを見《み》た。

「じゃあ、みなさんこちらを通《とお》ってください」

有人通路《ゆうじんつうろ》のストッパーを駅員《えきいん》さんが開《ひら》いてくれた。


『えー――っ!?』


ほんとにいいの？　八〇円《えん》のきっぷで新幹線《しんかんせん》に乗《の》れるなんて、ありなの!?

『ありがとうございます～!!』

上田《うえだ》を先頭《せんとう》に、僕《ぼく》らは駅員《えきいん》さんにお礼《れい》を言《い》いながら、新幹線《しんかんせん》の改札《かいさつ》を通《とお》り抜《ぬ》けた。

でも僕《ぼく》には、まだ信《しん》じられない。

「う、上田《うえだ》。これってどういう……？」

上田《うえだ》が振《ふ》り向《む》いて、にかっと笑《わら》う。

「JR《ジェイアール》の規定《きてい》の中《なか》には『新幹線《しんかんせん》と在来線《ざいらいせん》が並行《へいこう》している区間《くかん》では、東海道新幹線《とうかいどうしんかんせん》と東海道《とうかいどう》本線《ほんせん》は同一路線《どういつろせん》とみなす』って決《き》まりがあんねん。これを大都市近郊区間《だいとしきんこうくかん》のルールに当《あ》てはめると、新大阪《しんおおさか》～米原間《まいばらかん》と、西明石《にしあかし》～相生間《あいおいかん》は大回《おおまわ》り中《ちゅう》でも新幹線《しんかんせん》に乗車《じょうしゃ》できるらしいって聞《き》いたことがあったんや。試《ため》すのは初《はじ》めてやったけど。ほんまやったんやなぁ。まだ胸《むね》がドキドキしとるわ」

そう言《い》って、上田《うえだ》は追加《ついか》で買《か》った、京都《きょうと》から新大阪《しんおおさか》までの新幹線自由席特急券《しんかんせんじゆうせきとっきゅうけん》をみんなに手渡《てわた》す。

ちなみに新幹線自由席特急券《しんかんせんじゆうせきとっきゅうけん》は子供一人《こどもひとり》四三〇円《えん》。

「そんなことができるなんて、まったく知《し》らなかったよ」

「雄太《ゆうた》が知《し》らないのもあたりまえや。これは関西《かんさい》だけのルールやからな」

「ほっ……ほんまに上田《うえだ》はすごいやっちゃな……」

みさきちゃんが泣《な》きそうな顔《かお》で言《い》った。その額《ひたい》を、上田《うえだ》が指《ゆび》でつんと押《お》す。

「今頃《いまごろ》わかってんか？」

「うん……今頃《いまごろ》わかった」

「アッ、アホ……まじめに答《こた》えるな。恥《は》ずかしいやないか。つっ、次《つぎ》の新大阪行《しんおおさかいき》は18時《じ》27分発《ふんはつ》の『のぞみ47号《ごう》』やから、13番線《ばんせん》や！　急《いそ》ぐぞ」

みさきちゃんに見《み》つめられた上田《うえだ》は照《て》れたようにキャップをさっと深《ふか》くかぶり直《なお》すと、その手《て》をとり、コンコースを走《はし》りはじめた。

13番線《ばんせん》へ上《あ》がるエスカレーターから降《お》りると、すでにホームに新幹線《しんかんせん》が停車《ていしゃ》していた。車体《しゃたい》には「N《エヌ》700A《エー》」と大《おお》きく描《か》かれたエンブレムが輝《かがや》く。

この車両《しゃりょう》はN《エヌ》700系新幹線《けいしんかんせん》の最新型《さいしんがた》だ。

僕《ぼく》らは一番近《いちばんちか》いデッキから車内《しゃない》へ入《はい》った。

「すぐやから自由席《じゆうせき》まで行《い》かんとここにいよか。デッキやったら立《た》っててもOK《オーケー》やからな」

僕《ぼく》は上田《うえだ》に向《む》かってうなずく。

「N《エヌ》700系《けい》のぞみの自由席《じゆうせき》は1号車《ごうしゃ》から3号車《ごうしゃ》までだからね。ホーム中央《ちゅうおう》からも遠《とお》いから新大阪駅《しんおおさかえき》での移動《いどう》を考《かんが》えると、デッキにいたほうがいいね」

新幹線自由席特急券《しんかんせんじゆうせきとっきゅうけん》は、立《た》つなら、どの号車《ごうしゃ》のデッキでもいいんだ。

のぞみ47号《ごう》は18時《じ》27分《ふん》に京都駅《きょうとえき》を出発《しゅっぱつ》。

京都《きょうと》から新大阪《しんおおさか》まで移動《いどう》している最中《さいちゅう》に、みさきちゃんがおばあちゃんと連絡《れんらく》をとって、どこで待《ま》ち合《あ》わせするのかを決《き》めた。

そして新幹線《しんかんせん》は十三分《ぷん》後《ご》の18時《じ》40分《ぷん》に新大阪《しんおおさか》に到着《とうちゃく》。

僕《ぼく》らは、一番最初《いちばんさいしょ》に22番線《ばんせん》へ飛《と》び出《だ》し、近《ちか》くの階段《かいだん》へ飛《と》びこむ。

一気《いっき》に階段《かいだん》を駆《か》け下《お》り、新幹線連絡口《しんかんせんれんらくぐち》へ。

そこで、京都《きょうと》でやったように、上田《うえだ》が「大回《おおまわ》り中《ちゅう》です」と駅員《えきいん》さんに説明《せつめい》すると、新大阪《しんおおさか》の駅員《えきいん》さんもすぐに新幹線改札《しんかんせんかいさつ》を通《とお》してくれた。

そのまま在来線《ざいらいせん》のコンコースを通《とお》り抜《ぬ》け、12番線《ばんせん》へ続《つづ》く階段《かいだん》を下《くだ》る。

ホームに到着《とうちゃく》したのは、18時《じ》43分《ぷん》だった。

振《ふ》り返《かえ》ると、大阪方面《おおさかほうめん》からキラリとヘッドライトを輝《かがや》かせた、白《しろ》い特急列車《とっきゅうれっしゃ》が近《ちか》づいてくるのが見《み》える。

間《ま》に合《あ》った！

白《しろ》い正面《しょうめん》に青《あお》いラインの入《はい》った６８３系《けい》のサンダーバードだ。

フワァンと警笛《けいてき》を鳴《な》らし、冷《つめ》たい風《かぜ》と一緒《いっしょ》に新大阪駅《しんおおさかえき》へ入《はい》ってきたサンダーバードは、キィインと高《たか》いブレーキ音《おん》をあげながら、ゆっくりと12番線《ばんせん》に停車《ていしゃ》する。

目《め》の前《まえ》で開《ひら》いた扉《とびら》の中《なか》に、みさきちゃんのおばあちゃんが立《た》っていた。

ドアが開《ひら》くと、みさきちゃんは駅弁《えきべん》の入《はい》っ

た袋《ふくろ》を差《さ》し出《だ》す。

「おばあちゃん！　これ！」

袋《ふくろ》の中《なか》をのぞきこんだ瞬間《しゅんかん》、おばあちゃんの目《め》がみるみる大《おお》きくなった。

「おぇ〜、こっ、これは……あん時《とき》の駅弁《えきべん》やよ──!!」

おばあちゃんは胸《むね》がいっぱいという表情《ひょうじょう》で、頬《ほお》を紅潮《こうちょう》させたみさきちゃんを見《み》つめた。

「みさき、よう、わかったのぉ。間違《まちが》いないわぁ。これはあん時《とき》、おじいちゃんと食《た》べたあの駅弁《えきべん》やよ……あんた、どうやってこれを見《み》つけたかのぉ」

「みんなに手伝《てつだ》ってもらって、今日《きょう》一日《にち》かけて探《さが》してん。……でもな、こん中《なか》に入《はい》ってるのは黒豆《くろまめ》ごはんなんよ。栗《くり》ごはんは秋限定《あきげんてい》なんやて……かんにんしてな」

すまなそうに言《い》ったみさきちゃんに、おばあちゃんはやさしく微笑《ほほえ》む。

「謝《あやま》ることなんてなに一《ひと》つないんやよ。栗《くり》だろうが黒豆《くろまめ》だろうが、おばあちゃんはほんとにうれしいから。うちのために、みさきがお友《とも》だちと一日中《にちじゅう》、関西《かんさい》の電車《でんしゃ》を乗《の》り継《つ》いで、この駅弁《えきべん》を探《さが》してきてくれたってわかるもの。それだけでありがたくて涙《なみだ》が出《で》そうやよ……おじいちゃんもきっと喜《よろこ》んでくれてると思《おも》うやよ」

おばあちゃんの目《め》が涙《なみだ》でうるんでいる。

「今度《こんど》、秋《あき》に来《き》た時《とき》には必《かなら》ず、栗《くり》ごはんの駅弁《えきべん》買《か》ってくるって約束《やくそく》する。せやから、おばあちゃん、また来《き》てな」

目《め》に涙《なみだ》を浮《う》かべたみさきちゃんを見《み》つめ、おばあちゃんは深《ふか》くうなずく。

「うれしいのぉ。ほしたら、またみさきに会《あ》えるな。ほな、秋《あき》になったらまた関西《かんさい》来《こ》させてもらうやよぉ～……」

そこでおばあちゃんは駅弁《えきべん》を大事《だいじ》そうに持《も》ち上《あ》げて、ふふっと笑《わら》った。

「また、一《ひと》つ、思《おも》い出《で》の駅弁《えきべん》が増《ふ》えたわ。この黒豆《くろまめ》ごはんの駅弁《えきべん》は、みさきとの大切《たいせつ》な思《おも》い出《で》の駅弁《えきべん》やよぉ」

「……おばあちゃん」

みさきちゃんはグッと息《いき》をのんで微笑《ほほえ》んだ。


フルルルルルルルルルルルルルルルルルルル……。

発車《はっしゃ》ベルが鳴《な》る。新大阪《しんおおさか》での停車時間《ていしゃじかん》が終了《しゅうりょう》だ。

「みさきも福井《ふくい》に遊《あそ》びにおいでや。お友《とも》だちもみんな一緒《いっしょ》に、おばあちゃんの家《いえ》に泊《と》まったらええよ。いつでも待《ま》ってるからのぉ」

「行《い》く！　絶対《ぜったい》に行《い》く！　待《ま》っててや、おばあちゃん」

プシュュュュ。

長《なが》い長《なが》い空気《くうき》の音《おと》とともにゆっくり扉《とびら》が閉《し》まる。

フワァァァァァン！

683系《けい》が警笛《けいてき》を鳴《な》らしてスルスルとレールの上《うえ》を走《はし》り出《だ》す。

ガラス窓《まど》の向《む》こうで、おばあちゃんの口《くち》が動《うご》いている。

みさき、そしてみさきのお友《とも》だち、本当《ほんとう》にありがとう……。

声《こえ》は耳《みみ》には届《とど》かなかったけど、僕《ぼく》らみんなの心《こころ》の中《なか》におばあちゃんの言葉《ことば》が響《ひび》く。

「おばあちゃん――!!　またな――!!　また来《き》てな――っっ！」

みさきちゃんは思《おも》いきり左右《さゆう》に手《て》を振《ふ》った。

683系《けい》の加速《かそく》はすごく、あっという間《ま》にホームから消《き》えていく。

特急《とっきゅう》サンダーバードがまったく見《み》えなくなるまで、みさきちゃんは手《て》を振《ふ》り続《つづ》けた。

電車《でんしゃ》が去《さ》りホームに立《た》ち尽《つ》くしていたみさきちゃんの肩《かた》に上田《うえだ》がポンと手《て》を置《お》く。

「よかったな、みさき」

みさきちゃんは目《め》に涙《なみだ》を浮《う》かべながら「うん」と明《あか》るく笑《わら》った。

僕《ぼく》らの胸《むね》にも、熱《あつ》いものがこみあげた。

7 エピローグ

入場《にゅうじょう》から約《やく》十二時間《じかん》経《た》っているので自動改札機《じどうかいさつき》からは出《で》られない。

だから、有人改札《ゆうじんかいさつ》へ行《い》って、上田《うえだ》がどういうコースを回《まわ》ってきたか駅員《えきいん》さんに説明《せつめい》した。

駅員《えきいん》さんはニコリと笑《わら》って「ご苦労《くろう》さん。がんばったね」と言《い》ってくれた。

改札口《かいさつぐち》を出《で》たところで、僕《ぼく》は「あっ！」とつぶやく。

「どうかしたん？　ゆうくん」

「そういや、あのサンダーバードの次《つぎ》の停車駅《ていしゃえき》は『京都《きょうと》』じゃん」

「な〜んや。ほな、うちの京都《きょうと》で待《ま》ってても届《とど》けられたってことか？」

萌《もえ》の声《こえ》に、上田《うえだ》と僕《ぼく》は顔《かお》を見合《みあ》わせて、苦笑《にがわら》い。

その時《とき》、前《まえ》を歩《ある》いていたみさきちゃんがクルリと振《ふ》り向《む》いた。

「みんな！　今日《きょう》は本当《ほんとう》にありがとうな！」

みさきちゃんはひざに頭《あたま》がつくほど、深《ふか》くお辞儀《じぎ》をした。

萌《もえ》は胸《むね》の前《まえ》で手《て》を左右《さゆう》に振《ふ》る。

「全然《ぜんぜん》！　こっちこそ、楽《たの》しかったし」

「萌《もえ》の言《い》うとおりだよ。いろんな電車《でんしゃ》に乗《の》れて、いろんな駅弁《えきべん》食《た》べて、最後《さいご》は新幹線《しんかんせん》にも乗《の》っちゃって。今日《きょう》一日《にち》、みさきちゃんの駅弁《えきべん》探《さが》しを手伝《てつだ》えて、本当《ほんとう》に楽《たの》しかったよっ！」

「萌《もえ》ちゃん……雄太君《ゆうたくん》……」

みさきちゃんは右手《みぎて》の人差《ひとさ》し指《ゆび》で涙《なみだ》をふき、上田《うえだ》にツカツカと近寄《ちかよ》る。

そして、思《おも》いきったように口《くち》を開《ひら》いた。

「今日《きょう》の上田《うえだ》、その……ちょっと……いや、めっちゃ頼《たよ》りになってかっこよかったで
……」

「俺《おれ》が？　かっこいい!?　せやろせやろ」

照《て》れくささを笑《わら》ってごまかそうとした上田《うえだ》の胸《むね》に、みさきちゃんはバッグから出《だ》した小《ちい》さなピンクの包《つつ》みをドンと押《お》し当《あ》てる。上田《うえだ》がきょとんとした顔《かお》をした。

「なんやこれ？　みさき」

みさきちゃんの頬《ほお》がピンクに染《そ》まって、耳《みみ》まで赤《あか》くなっている。

「あほっ……今日《きょう》は十四日《じゅうよっか》やねんから、バレンタインのチョコに決《き》まってるやろっ」

「お、俺《おれ》にっ？」

「せや！」

「みっ、みさき……」

「想《おも》いはちゃんとこめてあるからなっ！」

「……あ、ありがとな」

上田《うえだ》の頬《ほお》も桜色《さくらいろ》に染《そ》まる。

僕《ぼく》と萌《もえ》も、顔《かお》を見合《みあ》わせて、微笑《ほほえ》みを交《か》わしあう。

思《おも》い出《で》の駅弁《えきべん》、思《おも》い出《で》のチョコ、思《おも》い出《で》のバレンタインデー。

なんだか、すごく幸《しあわ》せな気持《きも》ちになった。


（おしまい）

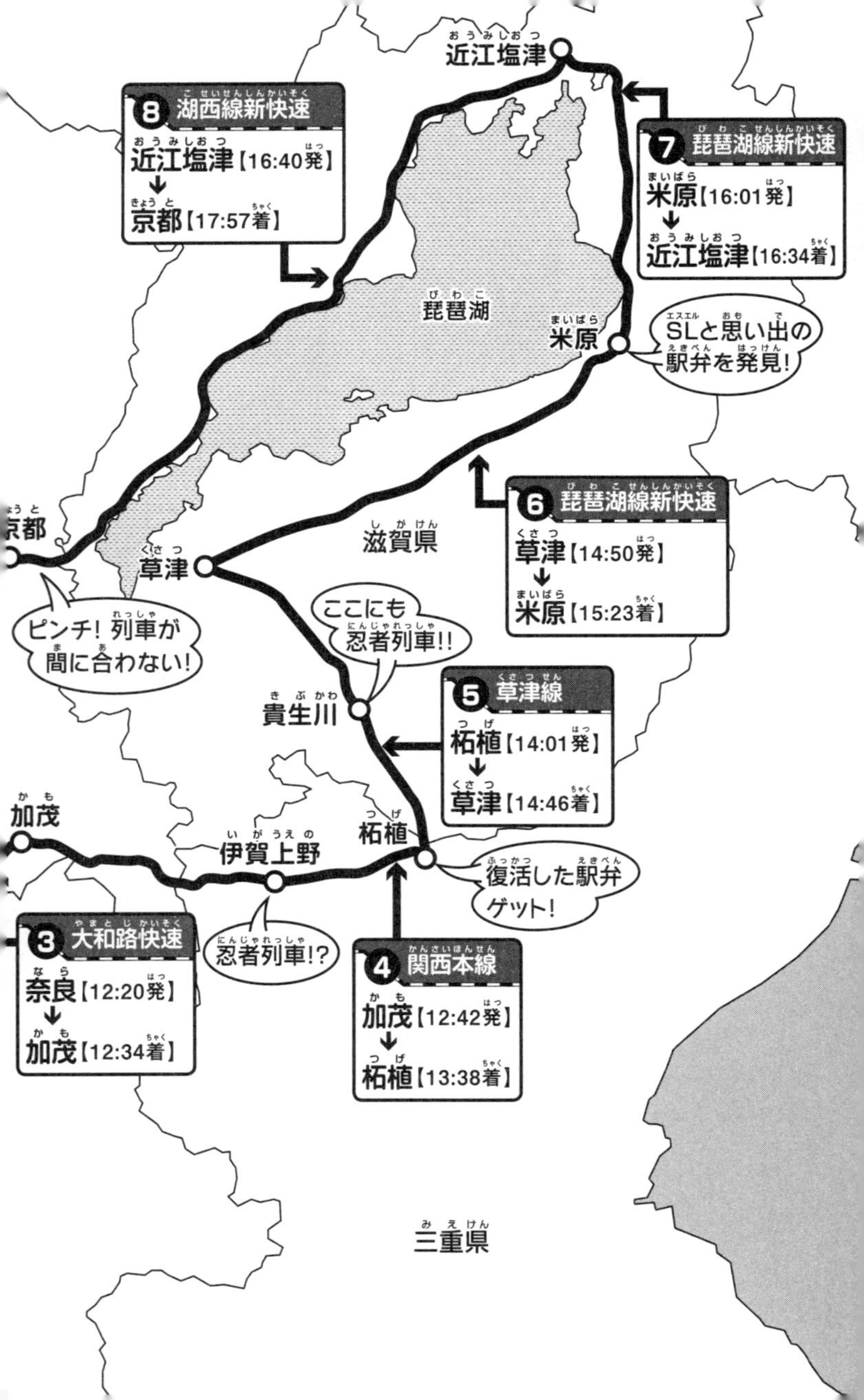

近江塩津《おうみしおつ》
8 湖西線新快速《こせいせんしんかいそく》
近江塩津《おうみしおつ》【16:40発《はっ》】
京都《きょうと》【17:57着《ちゃく》】
7 琵琶湖線新快速《びわこせんしんかいそく》
米原《まいばら》【16:01発《はっ》】
近江塩津《おうみしおつ》【16:34着《ちゃく》】
琵琶湖《びわこ》
米原《まいばら》
SL《エスエル》と思《おも》い出《で》の駅弁《えきべん》を発見《はっけん》!
6 琵琶湖線新快速《びわこせんしんかいそく》
草津《くさつ》【14:50発《はっ》】
米原《まいばら》【15:23着《ちゃく》】
京都
滋賀県《しがけん》
草津《くさつ》
ピンチ! 列車《れっしゃ》が間《ま》に合《あ》わない!
ここにも忍者列車《にんじゃれっしゃ》!!
貴生川《きぶかわ》
5 草津線《くさつせん》
柘植《つげ》【14:01発《はっ》】
草津《くさつ》【14:46着《ちゃく》】
加茂《かも》
伊賀上野《いがうえの》
柘植《つげ》
復活《ふっかつ》した駅弁《えきべん》ゲット!
3 大和路快速《やまとじかいそく》
奈良《なら》【12:20発《はっ》】
加茂《かも》【12:34着《ちゃく》】
忍者列車《にんじゃれっしゃ》!?
4 関西本線《かんさいほんせん》
加茂《かも》【12:42発《はっ》】
柘植《つげ》【13:38着《ちゃく》】
三重県《みえけん》

【詳細《しょうさい》ルート】
80円《えん》で関西一周《かんさいいっしゅう》!!
駅弁食《えきべんく》いだおれ
463.9km《キロメートル》 !!!
京都府《きょうとふ》
9 東海道新幹線《とうかいどうしんかんせん》
京都《きょうと》【18:27発《はつ》】
↓
新大阪《しんおおさか》【18:40着《ちゃく》】
まさかの
大回《おおまわ》りきっぷで
新幹線乗車《しんかんせんじょうしゃ》!
おばあちゃんに
無事駅弁《ぶじえきべん》を手渡《てわた》せた!
新大阪《しんおおさか》
駅弁購入《えきべんこうにゅう》!
大阪《おおさか》
ここにも
駅弁《えきべん》がない!
1 紀州路快速《きしゅうじかいそく》
大阪《おおさか》【7:05発《はつ》】
↓
和歌山《わかやま》【8:30着《ちゃく》】
難解《なんかい》な駅名《えきめい》
奈良《なら》
京終《きょうばて》
大阪府《おおさかふ》
和歌山線《わかやません》が
スイッチバック
関空快速《かんくうかいそく》との
切《き》り離《はな》しを見《み》る
日根野《ひねの》
2 和歌山線《わかやません》
和歌山《わかやま》【9:04発《はつ》】
↓
奈良《なら》【11:59着《ちゃく》】
高田《たかだ》
和歌山《わかやま》
たま電車《でんしゃ》!
駅弁《えきべん》が
ない!?
奈良《なら》まで
三時間《さんじかん》!
和歌山県《わかやまけん》
奈良県《ならけん》

あとがき

いつも読《よ》んでくれてありがとう。作者《さくしゃ》の豊田巧《とよだたくみ》です。今回《こんかい》は『電車《でんしゃ》で行《い》こう！』シリーズ二巻目《かんめ》の『60円《えん》で関東一周《かんとういっしゅう》』と同《おな》じく、大都市近郊区間《だいとしきんこうくかん》の特例《とくべつ》ルールを使《つか》っているんだ。

これは東京《とうきょう》と大阪《おおさか》だけじゃなく福岡《ふくおか》、新潟《にいがた》、仙台《せんだい》でもできるから、そんな町《まち》の近《ちか》くに住《す》んでいるみんなは、ぜひ、一日《にち》ゆったりと電車《でんしゃ》に乗《の》ってみよう！

もちろん、大回《おおまわ》りへ出《で》かける時《とき》は、お父《とう》さんやお母《かあ》さんが心配《しんぱい》しないように、本《ほん》を見《み》せながら大都市近郊区間《だいとしきんこうくかん》の特例《とくべつ》ルールを、ちゃんと説明《せつめい》してから出《で》かけてくださいね。

みんなは旅行《りょこう》へ行《い》く時《とき》は、駅弁《えきべん》を食《た》べているのかな？　電車《でんしゃ》の中《なか》で食《た》べるごはんは本当《ほんとう》においしいよね。ちなみに、東京駅《とうきょうえき》には日本中《にほんじゅう》の駅弁《えきべん》を集《あつ》めて販売《はんばい》している駅弁屋《えきべんや》さんがあります。僕《ぼく》はたまに買《か》いにいって、駅弁《えきべん》を食《た》べながら『電車《でんしゃ》で行《い》こう！』を書《か》いています。

そして『電車《でんしゃ》で行《い》こう！』は、今年《ことし》もバンバン発売《はつばい》していくことができる予定《よてい》です。

では、次回《じかい》は春《はる》に発売《はつばい》される『電車《でんしゃ》で行《い》こう！』をお楽《たの》しみに！

集英社みらい文庫

電車《でんしゃ》で行《い》こう！

80円《えん》で関西《かんさい》一周《いっしゅう》!!
駅弁《えきべん》食《く》いだおれ 463.9km《キロメートル》!!!

豊田《とよだ》 巧《たくみ》 作

裕龍《ゆうりゅう》ながれ 絵

✉ファンレターのあて先
〒101-8050 東京都千代田区一ツ橋 2-5-10 集英社みらい文庫編集部
いただいたお便りは編集部から先生におわたしいたします。

2018年 2月28日 第1刷発行
2023年 4月10日 第3刷発行

発行者	今井孝昭
発行所	株式会社 集英社
	〒101-8050 東京都千代田区一ツ橋 2-5-10
	電話 編集部 03-3230-6246
	読者係 03-3230-6080
	販売部 03-3230-6393（書店専用）
	http://miraibunko.jp
装丁	高橋俊之（ragtime） 中島由佳理
編集協力	五十嵐佳子
印刷	凸版印刷株式会社
製本	凸版印刷株式会社

★この作品はフィクションです。実在の人物・団体・事件などにはいっさい関係ありません。

ISBN978-4-08-321419-6 C8293 N.D.C.913 188P 18cm

※作品中の鉄道および電車の情報は2018年1月のものを参考にしています。
電車で行こう！ 公式サイトはこちら!! http://www.denshadeiko.com

テーマ別《べつ》おすすめエピソード

旅《たび》

撮影《さつえい》された場所《ばしょ》を探《さが》し出《だ》せ！

第《だい》2弾《だん》 60円《えん》で関東一周《かんとういっしゅう》

東京《とうきょう》から山口《やまぐち》まで長距離旅《ちょうきょりたび》

第《だい》7弾《だん》 青春《せいしゅん》18きっぷ・1000キロの旅《たび》

新幹線《しんかんせん》にも乗《の》れちゃう!?

第《だい》24弾《だん》 80円《えん》で関西一周《かんさいいっしゅう》!! 駅弁食《えきべんく》いだおれ463.9km《キロメートル》!!!

鉄道《てつどう》ファンなら一度《いちど》はしてみたい！

第《だい》36弾《だん》 対決《たいけつ》！ 日本列島大縦断《にほんれっとうだいじゅうだん》!! 全新幹線《ぜんしんかんせん》を乗《の》り継《つ》げ

恋《こい》

さくらvs七海《ななみ》!? 恋《こい》のバトル宣戦布告《せんせんふこく》!!

第《だい》26弾《だん》 目指《めざ》せ！ 東急全線《とうきゅうぜんせん》、一日乗《いちにちの》りつぶし！

大樹《たいき》の大事《だいじ》な人《ひと》って……？

第《だい》16弾《だん》 北陸新幹線《ほくりくしんかんせん》とアルペンルートで、極秘《ごくひ》の大脱出《だいだっしゅつ》！

遠藤《えんどう》さんが佐川《さがわ》さんに告白《こくはく》!?

第《だい》29弾《だん》 西武鉄道《せいぶてつどう》コネクション！ 52席《せき》の至福《しふく》を追《お》え!!

上田《うえだ》とのぞみが急接近《きゅうせっきん》!?

第《だい》37弾《だん》 フリーきっぷで乗《の》りたおせ！ 名鉄《めいてつ》ナゾ駅《えき》ツアー

キミはどこから読《よ》む？

電車《でんしゃ》で行《い》こう！ ボイスドラマ好評配信中《こうひょうはいしんちゅう》!!

聞《き》いてみてね

「みらい文庫《ぶんこ》」読者《どくしゃ》のみなさんへ

言葉《ことば》を学《まな》ぶ、感性《かんせい》を磨《みが》く、創造力《そうぞうりょく》を育《はぐく》む……、読書《どくしょ》は「人間力《にんげんりょく》」を高《たか》めるために欠《か》かせません。

たった一枚《いちまい》のページをめくる向《む》こう側《がわ》に、未知《みち》の世界《せかい》、ドキドキのみらいが無限《むげん》に広《ひろ》がっている。

これこそが「本《ほん》」だけが持《も》っているパワーです。

学校《がっこう》の朝《あさ》の読書《どくしょ》に、休《やす》み時間《じかん》に、放課後《ほうかご》に……。いつでも、どこでも、すぐに続《つづ》きを読《よ》みたくなるような、魅力《みりょく》に溢《あふ》れる本《ほん》をたくさん揃《そろ》えていきたい。読書《どくしょ》がくれる、心《こころ》がきらきらしたり胸《むね》がきゅんとする瞬間《しゅんかん》を体験《たいけん》してほしい、楽《たの》しんでほしい。みらいの日本《にほん》、そして世界《せかい》を担《にな》うみなさんが、やがて大人《おとな》になった時《とき》、「読書《どくしょ》の魅力《みりょく》を初《はじ》めて知《し》った本《ほん》」「自分《じぶん》のおこづかいで初《はじ》めて買《か》った一冊《いっさつ》」と思《おも》い出《だ》してくれるような作品《さくひん》を一所懸命《いっしょけんめい》、大切《たいせつ》に創《つく》っていきたい。

そんないっぱいの想《おも》いを込《こ》めながら、作家《さっか》の先生方《せんせいがた》と一緒《いっしょ》に、私《わたし》たちは素敵《すてき》な本作《ほんづく》りを続《つづ》けていきます。「みらい文庫《ぶんこ》」は、無限《むげん》の宇宙《うちゅう》に浮《う》かぶ星《ほし》のように、夢《ゆめ》をたたえ輝《かがや》きながら、次々《つぎつぎ》と新《あたら》しく生《う》まれ続《つづ》けます。

本《ほん》を持《も》つ、その手《て》の中《なか》に、ドキドキするみらい――。

本《ほん》の宇宙《うちゅう》から、自分《じぶん》だけの健《すこ》やかな空想力《くうそうりょく》を育《そだ》て、〝みらいの星《ほし》〟をたくさん見《み》つけてください。

そして、大切《たいせつ》なこと、大切《たいせつ》な人《ひと》をきちんと守《まも》る、強《つよ》くて、やさしい大人《おとな》になってくれることを心《こころ》から願《ねが》っています。

2011年《ねん》　春《はる》

集英社《しゅうえいしゃ》みらい文庫《ぶんこ》編集部《へんしゅうぶ》